歌わないキビタキ

山庭の自然誌

梨木香歩

毎日新聞出版

歌わないキビタキ——山庭の自然誌——

目次

第一章　二〇二〇年六月――九月

第二章　二〇二一年四月――八月

歌わないキビタキ

——山庭の自然誌——

第一章

二〇二〇年六月――九月

個性《らしさ》は消えない

I

木々に囲まれた公園の、その続きのような集合住宅の、二階に住んでいた頃の、ある初夏の日のこと。奥の部屋で仕事をしていたら、何やら消え入りそうに細い、けれど明るくさんざめく様でもある、複数の鳥の声が聞こえた。あ、雛《ひな》だ。ピンときて、慌てて窓の外を見ると、緑陰に見え隠れして、水平に伸びた枝の上にシジュウカラの雛が数羽、おぼつかない足取りで必死に枝に摑《つか》まっている。ああ、巣立ちだ。それにしても、あんなところに巣があったなんて。自分の迂闊《うかつ》さと、密《ひそ》やかに隠し通した親鳥の気遣いのみごとさに感じ入りながら、もう、それからは窓に釘付けである。近くで親が必死で励ましている。気の利いた一羽が、親の呼びかけに応えつつ、枝の先の方まで移動して（ここから先は、私も次の部屋の窓へ移動）、感動的な、第一歩（羽ばたき？）を遂げ、他の枝に飛び移る。新世界へ、ようこそ！　二羽目、三羽目、と時間はかかったが、順調に行き、四羽目、五羽目もたつきながら、数時間後にはなんとかなった。さて、ここに至って、末っ子はまだ、緑蔭に隠れたままであった。この末っ子にかける親兄弟の、そしていつの間にか集まった野次馬のカラ類たちの、エールのかしましさといったら、スタジアムに鳴り響く大声援（怒号？）のようだった、といえば伝わるだろうか。彼らといっしょにハラハラしながら、同じ兄弟でありながら、あんなに難なく人生（？）のスタートを切ったお兄ちゃんたちに比べ、この子は、もう一生ここから動けないのかもしれない、と思うほどの要領の悪さに（見つけたのが遅かったので末っ子と思っただけで、実はおっとりしてマイペースの長子――最初の卵――だったのかもしれない）、とても他人とは思えず、このままだとこの辺を縄張りとするカラスに見つかってしまうと心配し、そのときのために掃除機の柄の部分を取り外して準備したりした（追い払うため）。シジュウカラ、と一口にいっても、兄弟でこんなに個性が違うのだ。さすがに夕暮れ近くなる頃には、非常にゆっくりであったが、なんとか枝先の方まで移動し、そこでまた臆病風に吹かれている様子だったが、私が宅配便の配達を受け取るために玄関へ行き、戻ってきたらもう消えていた。なんとか飛んで行ったのだと信じている。

この部屋では緑色のベルベットのカーテンを使っていたが、窓からメジロが飛び込んできて、カーテンにじっとしがみついていたことがあった。保護色とわかっていたのだろうか。まったく動かず、カーテンの色にみごとに溶け込んでいた。公園を含むその辺りの生態系ピラミッドの頂点にツミ（小型のワシタカの仲間）がいたが、それに追われて飛び込んできたのだろう。ツミはハトほどの大きさで、パッとみた目にもハト？と思うことが多いのだが、その眼光の鋭さは、まさしくワシタカのものである。

まごうかたなきその鳥らしさ、というものがあり、長男らしさ、末っ子らしさ、というものもあり、さらにピンポイントのその個体「らしさ」がある。海外に行って自分の日本人らしさを納得したり、親しくしている異国出身の友人に、あるときふと〇〇人らしさを感じることと通じるかもしれない。

2

そういえばその当時、同じ部屋の窓の網戸に、全体に煉瓦《れんが》色でほっそりした、見たことのない鳥がフラフラと止まったこともあった。あまりに珍しいので旅に疲れた迷鳥かと思い、写真を撮って鳥類学者の樋口広芳先生に送ったら、「ヒヨドリの若鳥です」というお返事。世慣れたヒヨドリらしさの微塵《みじん》もない、オドオドとした風情《ふぜい》だったので非常に驚きかつ（珍鳥でなかったことに）少しがっかりし、ヒヨドリにも初心者の頃があるのだと感じ入った。あれが巣立ったばかりの雛だとしたら、勝手のわからない世間でどう振る舞っていいものかわからなかったのだろうと合点できる。きっと私にはわからないヒヨドリらしさがあの鳥にはあり、先生にはそれがわかったのだろう。先生を囲んで八ヶ岳で鳥見の合宿（？）をするたび、ちょっとした鳴き声で、「あれはヒガラですね」などと識別なさったものだ（「この辺はキバシリも来そうですね」とおっしゃった瞬間に、窓の向こうの木にキバシリが現れたこともあった）。リズムやトーンが大きく違ういくつかの囀《さえず》りや地鳴きを、同じ鳥と識別するには、例えば私たちが同じ人間でも笑い声や機嫌の悪いときの声でも全部同じ人だとわかるように、場面が違ってもすべて同じ鳥、と識別できるだけの「近さ」が、樋口先生と鳥との間にはあるのだろうと思った。やってきたアカゲラを見ながら、「キツツキの雛は、巣のなかにいても、あんな風に内壁に止まってるんですよ」と教えていただいたこともあった。大体の鳥は、止まるとき、趾《あしゆび》三本を枝の前から、一本を後ろから回して摑むが、キツツキの場合は前二本（第二、三趾）、後ろ二本（第一、四趾）に分けてフックのように木肌に引っかけ、移動する（第四趾は状況に応じて前後に振り分けが可能なのだそうだ）。その特徴的な姿、地面に垂直の、木に添った姿勢がキツツキのキツツキたる個性で、それが雛の頃からそうなのだと想像したとき、思わず噴き出してしまった。嘲笑ではない。なんというか、可愛らしさと、生き物って、まあ、ねえ、という同類に対する哀感のようなものが入り混じった笑い。

先日、読まねばならないな、と覚悟して『女帝 小池百合子』を読んだ。ゴシップのようなものとはほど遠く、都政のこれからを考えるためにも必須、と聞いたからだった。三分の一ほど読んで辛くなり、やめたくなったが、続けられたのは、著者の石井妙子さんの社会的使命感、命がけの迫力をその文章に感じたからだと思う。これ以上「こんな人たち」に政治を任せていては、日本はどうなるのか、という。本書のなかで、幾人《いくにん》ものその時代時代の証言者たちが、「小池百合子らしさ」を語っている。いくつになっても変わらぬ何か。これほどまでではなくとも、読者は皆、自分のなかの「小池百合子」に向き合わねばならない。

告発本、という括《くく》りになるのかもしれないが、本のなかの「小池百合子」に、著者はずっと寄り添い、理解しようとしている。だからこそ、彼女のことを「たった一人荒野を生き抜いてきた」と評しているのだ。著者も、証言者の一人、「早川さん」も、同じ女性として手を差し出しているのだ。

3

身内も含め、身近な年上の友人たちに認知症を患うひとがちらほらと出てきた。明らかに人格が変容したとわかる人もいるが、大抵はなんとなく物の名前が出てこない、というところから始まって次第に日常生活に変化が出てくるようになる。だが、ものの名前が思い出せないなんて、ある程度歳をとれば（威張るわけではないが私は若い頃から）誰にでも起こることだ。

そういう敬愛する友人たちの一人に、Sさんがいる。Sさんは私の遠縁に当たるが、一人暮らしで、息子さんたちは少し離れたところにいる。ときどき昔話を聞かせてもらいに、お節介《せっかい》の安否確認も兼ねて訪ねていく。お宅へ続く、両側に石蕗《つわぶき》の点々とする路地の入り口に梶《かじ》の木があって、その木にまつわる蘊蓄《うんちく》を聞くのが好きだ。例えば昔は、七夕の行事で梶の葉に歌を書いていたとか、茶事に用いたとか。

いっしょに家事をしていると、Sさんはあちこちに散らばる輪ゴムを、とりあえず手首にかける癖を持っていることがわかる。私の祖母の代にはわりに見られた庶民的な主婦の習慣だけれど、それよりは若いはずのSさんがそれをするのはなんだかとても懐かしく愛らしく、私はそれを見つけるたび、「おお、Sさーん」と手首を指してニヤリとしたものだった。Sさんはちょっと恥ずかしそうに、パッと隠して見せ、「おっとまたやっちゃってた」といって一旦は外すのだが、次回行くとやはり手首に輪ゴムが回っている。私は気づいていても五回に四回は何もいわない。Sさんを恐縮させるに忍びないからだ。けれど一回はいってしまうのは、ほんのちょっと、からかいたい気分になっているときだ。桜の好きなSさんといっしょに桜を見にドライブする計画などが進み、Sさんもなんとなく楽しげで、明るい空気が漂っているときなど。

あるとき電話してもなかなか出ない、出てもどうも様子がおかしい、ということがあった。なんとなくよそよそしいのだ。息子さんに連絡すると、やはり心配しているという。あまり具体的に書くことには抵抗があるが、ともかくしばらく私が泊まり込んでみることになった。今日は泊まらせてくださいというと、喜んでくれるのだが、しばらくするとそのことを忘れる。その度に繰り返し今夜は泊まることを伝え、それから食事の準備にかかる。台所の様子で、すべてがわかった気がした。以前は整頓が行き届いていた台所だっただけに、その変わりようが、Sさんの苦闘の歴史を物語っていた。壁のあちこちに、消火の確認や、ゴミ出しの確認、誰々に連絡する、通院の日程などが書かれた紙が張り巡らされていた。焦がした鍋には格闘した跡もあった。思わず涙ぐみそうになるが、気取られないように、努めて明るく、「あれー冷蔵庫のなか寂しい!」とおどけて見せる。「なんだか忙しくてねえ」といったあと、「他人の家の冷蔵庫を黙って開けるもんではないよ」と急に怒りだす。「晩ご飯作るためには、何があるか確かめてから、買い物へ行かなくちゃ」というと、「そりゃそうだね」と納得する。いっしょに買い物へ行こうと誘うと、外に出たくないという。じゃあ、私、すぐに行って帰ってくるから、待っててくださいね、と外に出た。

4

歩いていても上の空で、様々なことが心をよぎった。一度息子さんから、母に付き添って病院の物忘れ外来へ行ったが、そのときだけなんともなかったのだと笑い話のように聞いたこともあった。週に二回ほどヘルパーさんが来て、買い物などを手伝ってくれるとも。けれど今回私が気づいたのは、台所の様子だけではなかった。詳細は省くが、もっと憂慮すべき状況だと悟らざるを得なくなっていた。

しかしそこまでショックを受けずとも良かったのだ、と今は思う。私はあのとき、以前のSさんを失うように思ったのだ。けれどそれはそうではなかった。Sさんの大きな人生の流れのなかで、きちんと家事をしていた日常の時代が過ぎて、いろいろ不如意になる時代が来たというだけの話なのである。

買い物から帰り、まるで久しぶりに私と会ったかのように喜ぶSさんに、今日の経緯を簡単に説明し、とにかく楽しく夜を過ごすことを心がけ、昔の思い出話などに花を咲かせた。私の目の前で、Sさんの記憶はあちこち点滅し、子ども時代のことがまざまざと思い出されていく。

夜がふけるとSさんのベッドの横に布団を敷いて横になった。もうすっかり寝入っていると思っていたら、突然、深い深いため息が聞こえた。部屋は暗かったが、カーテンの隙《すき》間《ま》を通して月明かりが差していた。ベッドの上を見ると、いつの間にかSさんは座ってこちらを見ていた。ぎょっとした。そして、「私、これからどうなるの?」。鬼気迫る顔だった。「私が私でなくなる。こんな残酷な病気ってある?」。そういって、目の周りの皺《しわ》に拡散していくように涙をポロポロと流し続けた。本当は、返す言葉もなかった。もしも自分がその病気になったら、と漠然と考えたこともあった。ただ、このSさんの深い絶望に寄り添っていっしょに途方に暮れることは、このときの私にはできなかった。ただ、Sさんの目をじっと見て、「風邪を引いたら風邪薬を飲んで治すでしょう。胃が痛かったら、病院へ行って原因を調べて治療する。Sさんは今、脳の調子が悪い。だから病院へ行って治療しよう」。まるで全快の可能性があるようないい方だ、と自分でいいながら悲しくなった。けれどSさんはふっと泣き止《や》んだ。そして、視線を逸《そ》らして「うまいことをいう」といった。他のひとが聞いたら、こちらを馬鹿にしているように聞こえたかもしれない言葉だった。けれど、これは私の親戚のなかにたまに出てくる、「皮肉っぽいリアクション」をするひと特有のいい方だった。Sさんはそのタイプの親戚ではないと思っていたが、今、Sさんは後天的に身に付けたたしなみを纏《まと》う余裕がなくなり、コアな部分が剝き出しになったのだと感じた。そういえば、Sさんにはそういうところが昔からあったのかもしれない。Sさんはそれに文化的洗練を施してエスプリのように自分のものにしてきたのだ、と思い至った。同時に、私のその言葉で、少なくともSさんは、この夜の深い深い絶望からは救われたのだということもわかった。

Sさんはアルツハイマー型認知症と診断された。そして私に、そこからの人生の豊かさについて教えてくれることになった。

5

紆余《うよ》曲折あって、Sさんは郊外にあるグループホームに入った。彼女に合う薬が処方されるようになってからは、訪ねていくたび穏やかな笑顔で迎えられることが多くなった。最初はすぐに私のことを思い出してくれたが、次第に名前が出てこなくなり、そして名前を名乗っても、よくわからないらしいことが増えた。そんなひとがいたかしら、と首をひねっている。けれど、話をするうちに、ふと回路が繋《つな》がって、共通の知り合いの名前に懐かしそうに頷《うなず》いたりすることもある。

例えば穏やかな冬の日、陽の注ぐ部屋のなかで、そういうふうにSさんと時間を過ごしていると、Sさんは、昔からずっと連続してこのSさんに繋がっているのだ、と皮膚感覚で会得したものだった。なんというか、そこにSさんがいる、そのことだけで十分なのだった。見たこともない幼い反応をすることもあったが、なるほど、小さいときSさんはこんな風だったのだな、と合点できた。同じ人物を、逆回しして見ているような感じだ。私が私でなくなる、と恐怖していた頃のSさんに、今なら私は答えてあげられる。Sさんはずっと Sさんです、と。思考に連続性がなくなったとしても、誰かと何かを論じ合う、ということができなくなっても、魂の佇《たたず》まいは変わらない。おまけにしょっちゅう手首に輪ゴムを巻いている。テーブルの上とかカウンターとか、しまい忘れた輪ゴムを見ると、誰も気づかぬ早技で、Sさんは自分の手首にかけてすましているのだそうだ。スタッフの方が可笑《おか》しそうに笑いながら教えてくれた。「変わりませんねー」というと、照れ臭そうに、「変わらないねー」と応える。そもそもその人らしさが出てくるのは脳からだけなのだろうか。脳が損なわれたら――程度にもよるだろうが――個性を醸成するものは消え失せてしまうのだろうか。直接そのことの答えになるとは断言できないが、力強く思った幾人かの説がある。そのうちの一人、アメリカの研究者、マイケル・D・ガーション博士は著書『セカンドブレイン』で、腸は脳とは別に、「感じ、判断し、行動する指示を出す」独自の神経系を持つ、第二の脳であるとしている。それから傳田光洋《でんだみつひろ》氏の数々のご著書。腸神経系が失われたとしても皮膚がある。もともと化学熱力学を専攻していた傳田さんが皮膚の研究を始めたのは三十歳を過ぎてからだったらしいが、その後彼は「角層バリアを作る表皮の細胞が、実はバリアを形作るだけでなく、環境変化をモニターするセンサーや、そこで受けた情報を処理する機能まであることがわかってきました。さらにはその情報は、神経や免疫系、循環器系、内分泌系など様々な全身のシステム、さらには私たちのこころにまで影響を与えている可能性が浮かび上がってきました。ここで私は『皮膚も脳である。言わば第三の脳だ』という宣言を行います」と記している（傳田光洋『第三の脳』）。

たとえ論理的に考え抜く力をなくしても、動けなくなっても、私たちには幸福で満たされる可能性があるということ。さまざまな「感じ方」を楽しむ術《すべ》を、身体の各所が持っているということ。諦めないでください。

バランスを視ること

I

感染者数低下、緊急事態宣言解除の間隙《かんげき》を縫うようにして、八ヶ岳へ向かった。今を去ること二ヶ月前、五月の連休後のことだった。途中通ってきた千曲川上流地域のハリエンジュの多さに、そのとき初めて気づき、驚いた。ちょうど花の咲く時期だったのだ。アセビのようにホロホロと垂れ下がる白い花房――しかしマメ科なので、花自体はフジの花に似ている――が、二十メートル前後の高木に鈴なりになっているところは、なんとも繊細な豪華さがある。小山が丸ごとハリエンジュの森になっている場所もあった。好きな花木なので、私にとっては夢のようで、壮観でもあったけれど、どこか不安になった。

桜の並木であれば、それとなく制御されている安心感があるが、両岸ともに延々と、計画性もなく無造作に配置されたハリエンジュ……しまいには暴力的なものすら感じた。改めて調べてみると、この木は生態系被害防止外来種（環境省）となっていた。一八七三年に観賞用などのために日本に渡ってきて以来、あちこちで野生化し、往々にして群落を作る。見かけは楚々《そそ》として、案外たくましいのだった。砂防用に植えられていたこともあったらしいが、それは失敗。浅く根を張るので激流にはすぐに流される。が、流された場所ですぐに再生する……。人の都合なんて、まったく考えていないところがあっぱれともいえる。ウイルスに似ているかもしれない。

さて、このときの八ヶ岳行が以前と——こう書くのも不自然なほど、それは「ついこの間」なのだ——違うのは、車にいっぱいの食料を積んだこと。半年前まで基本的に食料品は地元で調達することにしていた。独特の食材に出会うのが楽しみだったから。けれど今は、万が一、自分が感染していたらと思うと、おいそれと地元の店に出入りすることもできない。

このせいぜい半年の間の劇的な世界の変わりようはどうだろう。小屋に着いても、去年はすぐにやって来ていたコガラやゴジュウカラが、早春の頃と同じくなかなか来なかった。人間界の騒動が、自然界に影響を与えないわけがない。散々人間に損ねられた自然界が回復してきて、人間など当てにせずとも食糧を得ることができるようになったのであれば、いいのだが。

前回見つけた二階の軒先のキツツキ穴は、塞がれていた。梯子《はしご》を使っても届かない場所なので、管理事務所を通じて地元の大工さんに修理をお願いしていたのだ。が、この大工さんが（事務所の方曰《いわ》く、「そんなに太ってはいないんですが」）、修理に向かう途中、運悪くテラスに上がる階段を踏み抜いた。「ですから、外からテラスに上がる場合はご注意ください。その修理はいずれ事務所の方でします」と、前もって連絡を受けていたので、家周りを散策中、テラスに続く階段を見上げながら、ははあこれだな、と、問題の箇所を確認した。どうしたらこんなことに？と首を捻《ひね》るような板の落ち方が可笑しく、それから彼の怪我《けが》の有無を訊かなかったことが気になった。その脇にはサラサドウダンの木がある。顔を上げると、ハリエンジュに似ながら遥《はる》かに地味な、サラサドウダンの花が咲いているのに気づいた。よく見るとそれなりに満開になっていた。

2

八ヶ岳の小屋は、かなりの坂道に面している。数年前の夏、その坂道を一人で延々登ってくる老婦人に出会った。私もちょうど散歩に出るところだったので、挨拶《あいさつ》してなんとなくいっしょになり（一本道なのだ）、問わず語りでお聞きしたところによると、毎年、夏の始まりに、今は百歳近くになられたお連れ合いと二人、電車に乗って最寄り駅まで来、そこからタクシーに乗って食料品を買いに店に寄った後、別荘へ到着、夏の三カ月間を過ごすのだそうである。お連れ合いは足が悪いので、こうやって毎朝パンと新聞を買いにホテルの売店まで通う、その途中だったそうだ。ホテルまでは標高差二百メートル近くある。ご健脚ぶりに驚嘆しつつ、もう何十年と変わらぬという彼女たちの静かな夏を思った。

今年の初夏——前回の続きになるが——小屋のテラスに続く階段（の壊れ具合を）を眺めていたら、管理事務所のMさんが所用で立ち寄り、こういうご時世なので、マスクのまま外で話した。用件の前に、「さっき、売りに出されたばかりの別荘に人を案内してきたんですけど、スズランとフタリシズカが、敷地の、道路の法面《のりめん》になっているところいっぱい生えてましたよ」。この辺りはもともと、高山植物の宝庫だったらしいが、私が来た頃にはすでに鹿害に悩まされており、スズランですら（スズランは有害なので野生動物は基本的に食べない）滅多《めった》に見られなくなっていた。昨年まで私の庭に咲いていたシモツケソウも、先日二頭のシカがモグモグと咀嚼《そしゃく》しているところを目撃、今年はもうだめかもしれないと思っていたのだった。それはすごい、でもどうして、と訊《き》くと「簡単な電気柵を設置しておられたんです」。そういう人工的なものは、ここでは認められていないのではないかと思っていたが、よほどシカには悩まされておられたのだろう。苦肉の策だったことは容易に察せられた。

シカは可愛い。いつも仔鹿《こじか》を交えた数頭が庭先を横切り、こちらが見ていることに気づくと凍りついたように動きを止める。そうなる一瞬前、よく大人のシカが仔鹿の前に立って、私の視界から仔鹿が見えないように庇《かば》う。こちらが少しでも身動きすれば、あっという間に全員全速力で跳ねて行ってしまう。こんなにしょっちゅう見かけているとありがたみも薄れてくるが、彼らも一生懸命生きている。そもそも、彼らが増えたのは、オオカミなどの天敵がいなくなったせいで、そのことをはじめ、生態系のバランスを崩すのはいつも人間のほうだったのだ。シカなどとは比べものにならない人口爆発を起こし、地球にとっての癌《がん》細胞とまでいわれるようになった。シカが多過ぎて、などと文句をいえる立場ではないと、わかってはいるが、彼らのせいでこの辺りではほとんど絶滅に追いやられた植物もまた多い。スズランもそうだと思っていたので、ぜひ見に行きたいと思った。私がそう思うのがわかっていたのだろう、Mさんは「道路からも見えますよ」と親切に教えてくれた。そんな愛着のある別荘を、なぜ、と、訊いていくうち、それは高齢のご夫婦が夏を過ごしていた別荘なのだが、さすがにもう山へは来られないので手放すことになったのだ、とわかった。

3

その「高齢のご夫婦」が、数年前に出会った老婦人と彼女のお連れ合いであることは間違いがなさそうだった。そういえば、最近お姿を見かけなかったが、私が外へ出る時間帯と合わなかったりするせいだろうと、深く考えていなかったのだ。プライバシーに関わることだからMさんは詳しくはいわなかったけれど、それだけに私はいろいろ想像して少し感傷的になった。

電気柵があるお宅というのはそうそうないので、この辺りと見当をつけた区域を歩いていたら、すぐに見つかった。小ぶりのニホンスズラン（葉に隠れるようにして花を咲かせる、日本に自生するスズラン。一般に出回っている、葉の丈よりも高く伸びた茎に華やかに白いベル型の花を咲かせるドイツスズランとは違う）と、ヒメマイヅルソウが、仲良く敷地境界の斜面に群れていた。ヒメマイヅルソウを見るのは初めてだった。花や葉の形はマイヅルソウだが、鶴が羽を広げているようなマイヅルソウにしては、葉が小さいけれど……と思った瞬間、そうか、これがあの、と思いついたのだ。図鑑で知っていても、実物を見たことがなかった動植物に初めて会えたときの喜びは、心に小さな火が灯《とも》ったように何ものにも替え難く、浮き立つものだ。その勢いで、戸口へ向かう階段を上り、低い門戸の前から、多少後ろめたくはあったけれど、もう売りに出しておられるのだから、と、双眼鏡で庭の内部を観察。原野のような私の「庭」とは、こうも違うものかと思うくらいに、そこは「庭」らしかった。ただし、咲いている植物が普通の「庭」と違った。ムラサキエンレイソウ、サクラソウ、ツバメオモト、クリンソウ……。計画的に植えられたものではないので、一見して目を奪うような美しさでないが、あれ、花が咲いている何だろうとよく見ると、そういう高山の希少植物だとわかるのだ。秘密の花園のようだ。お連れ合いが敷地内から一歩も出ずに、夏を過ごしたというのもわかる気がした。毎年の、静かな夏。タラノキらしいトゲだらけの木があったから、あれも楽しい食材になったことだろう。

時間の流れは止めようがない。この敷地の良さがわかる家族が住み継いでくれればいいなと思いながら、帰路についた。

それにしても、「秘密の花園」は電気柵で囲ってシカが入れないようにしたからこそ存続できたわけだ。シカさえ増え過ぎなかったら、この辺りではあのように多様な、しかもそれぞれ気難しく平地ではとうてい育たないような植物たちが何年も機嫌よく残っていくということなのだ（同じように、どこか遠くの惑星から地球の様子を見ているものがいたら、人間さえいなかったら、どれだけ多くの動植物が絶滅せずにすんだだろうか、と思うだろう）。けれど私の山庭に、電気柵はとうてい似つかわしくないし、現実的ではない。

困った困ったといいながら、結局シカが入り込むのを可愛いなあと許してしまうのだろう。増え過ぎた何か。行き過ぎた何か。過剰な何か。

明らかにバランスを崩し、雪崩打つように急変していく状況。見ているものは、それを前にして唖然《あぜん》とするしかない、のだろうか。世の中が「一変する」現場に、「生身」で立ち会うということ。

4

硝子戸《ガラス》に鈍い衝撃音がして、外を見るとテラスに鳥が落ちていた。それまではバードストライクといっても、食事に来るコガラが勢い余ってぶつかっては、「いってえ」と頭を振るかのようにすぐさま元気に飛び立つ程度のものしか起こらなかった、ので、慌てた。けれど脳震盪《のうしんとう》を起こしているだけかもしれない。だらりと羽を広げて横たわっているのを、硝子戸の内側からやきもきしながら眺めていると、やがて少しずつ動き始め、最後には体勢を整えて、テラスの床板と床板の間のわずかな隙間に、うまく足指がかかり、座った。けれど今度は座ったきり、目をぱちくりさせたまま、微動だにしない。幼鳥らしい薄茶色の羽だが、全体に黄色っぽい部分がある。キビタキの幼鳥だ。嘴《くちばし》などまだ柔らかそうで、明らかに巣立ちから間もない、初めての飛行ではないかと思われた。そうして一時間ほどが経《た》った。このままだとテンにやられるかもしれない。けれど下手に保護して恐怖に陥れたら、かえって命を縮めてしまうかもしれない。

どうしたものだろう、と思案して、樋口先生に写真付きメールを打った。緊急事態ということですぐに返事がいただけた。写真を見る限り目つきはしっかりしているので、しばらく安静にして、元気づけるためには、嘴を開けてミールワームを与えるのが良いと思うが、それ自体ストレスにもなり得るので、頻繁にはやらないこと、というようなことが記されていた。林で昆虫を見つけるもよし、と追記されていたので、部屋の隅に落ちていた一センチほどの小さな蛾《が》の死骸を、割り箸でつまみ、そっと硝子戸を開けた。そして割り箸を近づけた瞬間、それまで微動だにしなかった「ひよっこ」は、慌てて飛び立ち、林のどこかの枝に止まった(ようだった)。

今にして思えば、生まれて初めて気絶して、記憶が飛んでしまい、自分が飛べることも忘れ、動き方も忘れてしまっていたのかもしれない。しかし迫りくる割り箸の恐怖、絶体絶命の危機、本能が彼に命令する、「飛べ!」と。その瞬間、自分が飛べることを知る。なんとドラマティックな。だがこれは鳥だから起こる奇跡で、いくら本能が戯《たわむ》れで猫に、あるいは犬に、飛べといったところで飛べるものではない（そもそも彼らの本能にその選択肢は組み込まれていないだろうが）。飛べるように生まれついているものだからこそ、飛ぶ気にもなれるのだ。「飛ぶことを知っている魂」は、飛びながらバランスをとっていく。危なっかしく見えても、ああ、もうそれしかなかったのだろうな、と見ているものに思わせる説得力がある。

外界に忙《せわ》しなく暗雲が垂れ込め続けているような時代には、「飛ぶことを知っている魂」でも、飛ぶことを躊躇《ためら》う。飛び方がわからなくなる。飛ばなくてすむのなら、誰も苦労はしないが、生きるために飛ぶことが必要なのなら、飛び立つより他に道はない。ただ、今を、翼を整備するための——入念な——準備期間と見なすことはできる。焦燥や不安も、経験値にしてしまい込む技を身につけながら。

もしかしたらあの幼鳥も、一旦白紙状態になった意識で、世界のなかにただ存在していることを楽しんでいたのかもしれない。

5

以前、日本に四カ所あったという、戦時中の特殊兵器、回天の訓練所である回天基地を訪れたことがある。回天とは生きて帰ることが想定されていない、片道切符の「人間魚雷」だ。「回天」の名は、絶望的に敗色の濃かった戦局を逆転させるため「天を回《めぐ》らし」勝機を導くという意味でつけられた。ほとんど呪術に近い。

先日続けて読んだ『特攻と日本軍兵士』(毎日新聞出版)、『特攻　最後の証言』(河出書房新社)という本は、それぞれ百歳と九十八歳になられる岩井忠正、岩井忠熊兄弟の証言で構成されている。お二人とも学徒出陣で七十五年前の戦争に参加され、回天、伏龍、震洋の搭乗訓練を受けられた。あの戦争はなんであったのか、この年月を通して深く考え抜かれた、体験者としての驚くほど明晰《めいせき》な言葉を、ご本人たちの願い通り、できるだけ多くの人に知ってもらいたいと思った。「(コロナ禍の)今は『憲法改正』など持ち出すときではない。『どうしたら国民の命と生活を守れるか』だけを政治家1人ひとりが命がけで考えなければならない」、戦争で勝ち取った民主主義であるが、それが今、アリの一穴のように崩壊しないように、との彼らの言葉に、感じておられる危機感がひしひしと伝わってくる。

回天はともかく、伏龍という潜水服型の「人間機雷」については初めて知った。上陸しようという敵艦に、海底で待ち構えて竹竿《たけざお》の先につけた爆薬で爆破させようというものらしい。

「伏龍の潜水服を身につけて海中に入ると、背中に重量物を背負っているので、常に体を前方に傾けていなければならない。ところが前方に傾けると、面ガラスを通して見えるのは前方数メートルの海底だけで上は見えない。無理して目標である頭上数メートルを通過する敵の上陸用舟艇を見ようとするには、体全体をうしろに倒して仰向《あおむ》けに海底に横たわらねばならない。そうすると、背中に重量物を背負っているので、裏返しにされた亀と同じことになり、いくらもがいても自分で立ち上がることはおろか、なんの動作もできなくなる。伏龍作戦の発案者は、実際に服を身につけて自分で海中に潜ってみたのであろうか？　それともこんなことにも気がつかなかったのであろうか？　―略―　仲間の少・中尉たちの間ではかなり遠慮なく批判した。『こりゃきっと漫画から思いついたんだぜ』」

「伏龍戦の戦略そのものが、現実離れした机上の空論にすぎなかったというほかはありません」。恐ろしいのは、「思いつき」が、功を奏しそうもないとわかっても、そのまま続行し続ける機能不全の命令系統である。莫大《ばくだい》な犠牲対効果、どう考えてもバランスを欠いていた。

「抵抗不可能の大勢だから従う――理屈に合っている。―略―　が、一見理屈に合っているように見えるこの立場には根本的な矛盾があることに、当時は気がつかなかった。それはそういう大勢に従うことによって、自分がその大勢をつくる1人になってしまったことである」。忠正さんは、それがご自分にとっての「戦争責任」であると考えられ、忠熊さんとともに二度とこういうことを繰り返してはならないという思いで、「証言」を続けておられる。

うつくしい保険

I

残暑の続く八月の五週目、日も暮れて辺りも静まった頃、その年初めてツヅレサセコオロギが鳴いていることに気づいた。珍しいコオロギではない。身近でリリリリリと短い「リ」を重ねて鳴く虫がいたら、たぶんそれはツヅレサセコオロギである。もうすぐ季節が変わるぞ、寒くなるぞ、衣の準備はいいのか、それ綴《つづ》れ、やれ刺せ、と急《せ》かしている声なのだそうだ。小さな庭でも毎年この時期になるとカネタタキやツクツクホウシも律儀に鳴いてくれる。だがそういう情趣溢《あふ》れる虫ばかりではない。晩夏の蚊は獰猛《どうもう》で、庭仕事をするときは蚊取り線香が欠かせない。三本くらいに火をつけて、庭のあちこちに置き、しばらくしてからやおら出ていくのである。そこまでしても刺されることがあるが、しないよりはずっとましだ。蚊取り線香というのはすごい発明だ。昔から人類は蚊に悩まされてきたのだろう。

アメリカのフロリダ州で来年二〇二一年から、遺伝子操作したネッタイシマカを約七億五千万匹放つ計画が実行されるようだ。ネッタイシマカはデング熱やジカ熱、黄熱病などを媒介する蚊で、放たれる予定のものは、(生殖可能な)成虫になる前に死ぬ運命の雌しか生まれないよう、遺伝子が操作されている。血を吸うのは雌の蚊だけだから、これは合理的である、と膝を打つ人びともいるのだろう。しかしこの計画には、本能的に不気味なものを感じてしまう。反対する団体の「本当に環境リスクはないのか」という声が上がるなか、正式承認された模様。

七年ほど前、スウェーデンのエーランド島を車で走っているとき、南部の石灰岩平原にあるリンネ研究所にお邪魔した。ここでは、世界各国の研究機関に呼びかけて昆虫の数の変化を記録、地球規模の温暖化現象を明らかにしていこうとの壮大なプロジェクトが進行中であったのだった。そんなことは全然知らずに「立ち寄ってしまった」のだが、そのときも十数名の研究員たちが、〇・五ミリほどの翅《はね》があって飛ぶ昆虫、彼ら曰く「蚊とかハエとか」を分類中だった。ただひたすら〇・五ミリ以下の翅を極細のピンセットで丁寧に採ってケースに収めているのだが、見ているだけで息が詰まってくる。けれど彼らは、朝から晩まで顕微鏡の前に座っていても、苦にならないばかりか、もっとやりたいくらい、とおっしゃるのだ。なかでも蚊のエキスパートである、少女のように若くて可憐《かれん》なエリカ・リンドグレンさんは、「大きな哺乳動物のことになるとみんな必死になるのに、もっと小さなものにも関心を持ってもらいたい。蚊って二千五百種もいるのに、そのなかで血を吸うのはたった七種。なのにみんなに嫌われて。蚊って、本当にうつくしい生き物なのよ」。白い頬を紅潮させ、夢中になって蚊の魅力を語った。全世界的に昆虫が少なくなっている。その現象はこの七年間でも加速し続け、私が八ヶ岳に小屋を持ってからも毎年蛾などの少なさに暗澹《あんたん》たる気分になっている。彼らのプロジェクトは今どうなっているのか。そしてこの遺伝子操作で種の撲滅を図るような、乱暴な子どものような発想の計画を、エリカさんはどう思っているか、想像するのがつらい。

2

以前、仕事でもプライヴェートでも分刻みに忙しい日常を送っている友人が、手帳（スマホのない頃）を失《な》くしてほとんど半狂乱になっていたことがあった。誰と会う予定になっていたのか、どこで行われる会議に出席することになっていたのか、まるでわからなくなったのだ。絶望を通り越すと人間は開き直る（しかない）ものなのか、友人は寡黙になり、なかなか現れぬ待ち人に痺《しび》れを切らした相手から連絡が来るのを、粛々として待っていた。人びとは思いの外優しかったらしい。皆、事情を聞かされれば、そんな恐ろしいことが我が身に降りかかったことを考えて身につまされ、同情してくれたのだろう。

私は自宅作業が多く、手帳に細目にスケジュールを書き込む習慣はあまりないが、代わりに固定電話の前にかけてあるカレンダーに、入った予定を書き込んでいる。先日ある日付のところに時間だけ書き込んで、誰に会うともどこへ行くともあるいは誰が来るとも書かれていないことに気づいた。その日はどんどん近づいてくる。そしてやってきた。実は今書いているこのときが、その時間である。誰からも連絡が来ない。私から連絡すると伝えることもあるから、もしかして、私からの連絡を待っている可能性もある。またコロナ禍の今、持病のある身ではあるし、簡単に何処《どこ》かへ行く約束をしたとも来てもらう算段をつけたとも思えないが、とにかく突然呼び出しがかかっても、誰かに来られてもいいように心の準備だけはしておいた。

今から百年ちょっと前、第一次世界大戦の前後の頃、英国コッツウォルドの小さな谷間《たにあい》の、これもまた小さなスラッド村に、ワロン婆《ばあ》さんと呼ばれる一人暮らしの高齢の女性が住んでいた。たくさんの子どもを育てたが、誰一人一緒に住まない。貧しいので、キャベツとパンとジャガイモだけで暮らしている。孤独な老後を心配するところだが、彼女にはちょっとした趣味があった。春になると毎日のように籠を持って谷間の野原や生垣を歩き回る。カウスリップ、タンポポ、ニワトコの花などをせっせと集めるのだ。家中、バケツに何杯ものむせるような花々の匂い。花々は時間をかけて発酵させ、大釜で煮立て、香気溢れる湯気を滴下板で滴《したた》らせた。ワロン婆さんは酒造りの名手として名を馳《は》せていた。材料は、野生のリンゴ、リンボクの実、ジャガイモでさえ、砂糖と酵母がありさえすれば、何でも一心不乱に向き合ったが、決して急いで造らなかった。自然の成り行きにまかすことを何より大切にし、瓶詰めした酒は、名前を書いた紙が貼られ、一年以上寝かされた。そうして出来上がった「野の花酒」は、淡い春の朝のように澄んでいた。ワロン婆さんは意気揚々とそれを村の人びとに配って歩く。蒸留酒だから、さぞアルコール度数も高かっただろうと思うが、小さい子どもも喜んで飲んだそうだ。飲んだ後、皆愉快になり笑顔が花咲いた。

さて、私のカレンダーに書いてあった時間はどんどん過ぎて、日も暮れたが誰からも連絡はなかった。一体何であったのか、当て推量でもしなければ落ち着かないので、目に見えない何かの、長い年月をかけた熟成が、ついに完了する日時だった、と思うことにする。

3

十年ほど前、住んでいた集合住宅の上の階の方が、引っ越す際に、大きな植木鉢に入っていた植物を鉢ごと捨てるというので、なんだか不憫《ふびん》で、じゃあ、私にくださいと持って帰ったことがあった。枯れかかった根塊のようなものだった。水をやっていたらやがて芽が出て葉が開いた。サトイモの葉に切れ込みを入れたような、セロームという観葉植物だった。セロームは当時電磁波が悩みの種だった私の家の室内では息苦しそうに見えた。それで寒い季節ではあったけれど、ベランダに出すと、見る見る生気を取り戻した。が、長く外に置きすぎて、また枯れてしまった。それでも水をやっていると、暖かくなるにつれて再び葉を開いた。だが今度の葉に切れ込みはなかった。どこからどう見ても、クワズイモだった。クワズイモというのはサトイモの葉を少し緊張させたような（僅かなプリーツのような皺がある）形で、サトイモそっくりだ。クワズイモもセロームも同じサトイモ科だが、属は違う。セロームはクワズイモを経由して進化してきたのだろうか。それでちょっとだけ先祖返りしたのだろうか。このまま育てていけばいつかサトイモに戻るのだろうか。それはなさそうだが、このクワズイモは今もまだクワズイモのまま、残暑の庭で大きく葉を広げている。

そこからさかのぼること十年、つまり今から二十年ほど前、小さな庭のある家に住んでいた頃、ラズベリーの苗木を買ってしばらく育てていたら、根元の台木からいやにたくましい茎が出てきて、ラズベリーの茎や葉をどんどん追い越し、野性味溢れる分厚くてガサガサした葉を出し、ヒヨドリも食べない酸っぱくて黒い実をつけた。台木はブラックベリーだったのだ。酸っぱいのが幸いして、極上のジャムができた。セロームは先祖返りしたのかもしれないが、ラズベリーの場合は、他の植物の根っこを利用しようとしたら、その根っこのほうの生命力が強すぎ、返り討ちにあった（？）というような図式だ。人間がどんなに自然に手を加えて思い通りにしようとしても、自然は「自分のやりたいこと」を決して忘れず、よくいえば初志貫徹しようと、悪くいえば執念深く、隙あらば折あらば、自分のデザインした通りに道を修正しようとする。

人間が後天的に得た性格——自分にとって嫌な性質を努力して矯正したとしても、結局は付け焼き刃のようなものに過ぎないのだろうか。けれどそれなら、なんのために生きているのだろう。人類だってそうだ。このままでは危ないとわかっていても、今までの方向性を悔い改めもせず同じことを繰り返し、ただ先につけられたレールの上を走っていくだけ、なのか。

その主体にとって、何がほんとうの「流れ」なのかということなのだろう。

セロームやラズベリーにとっては人間の介入こそが「付け焼き刃」だったのだ。クワズイモやブラックベリーも、気の遠くなるような「小さな闘い」を続けて、自分であることを「まっとう」したのだろう。

山を切り開いて作った畑や道も、人がこなくなった途端に山に返っていく。人間である限りは道をつけ続けるのだろう。それがいつか借り物でない、ほんとうの「流れ」となっていくまで。結果がどうであれ。

4

今から四十年以上前、熊井明子さんの随筆に出会い、初めて翻訳家・片山廣子の名前を知った。そのときに引用されていた彼女の随筆集『燈火節』からの一節に衝撃を受けるほど心惹《ひ》かれ——私はまだ十代だったが、そのとき自分の文体の基礎の一つになるような文章に出会っていたのだった——当時絶版になっていたその随筆集のことをもっと知りたいと思い、熊井さんにお手紙を書いた。生まれて初めて作家に手紙を書いたのだった。数ヶ月後、熊井さんはお返事をくださった。今考えてもこれはすごいことだったと思う（私は編集部経由のお手紙にはすべて目を通し、ときに感動し、ありがたくてお辞儀してしまうことさえあるけれど、原則として返書は我慢している。今ここで返事を書くのなら、過去のあの、すばらしいお手紙はどうするのだ、フェアじゃないじゃないか、と取り止めがなくなってしまうからだ）。それからさらに数十年が経って、ある雑誌の企画で初めて熊井さんにお会いしたときは、感無量だった。熊井さんはそのときお連れ合いの熊井啓監督を亡くされていた。日常生活だけでなく、脚本等映画関係のことでも陰に日向に監督を支えていらしたのだな、と、後の彼女のエッセイから勝手に推測することであった。生粋の文学少女であられたのだろう、お好きな女流作家や詩人のもとを訪ねたときの思い出も昔からよく書かれていて、高校生の私は、そこで片山廣子のみならず、詩人・深尾須磨子の名前も知った。今ここに原文がないので確認できないが、若い熊井さんは始めたばかりの文筆の仕事のことを相談、詩人にこういって叱咤《しった》激励された（という文脈だったと思う）。「自分が大きくなるときに誰に遠慮があるものか。妬《ねた》みひがみは蹴散らしていけ」（正確ではないかもしれないが、私は今ではそういうふうに記憶している）。その言葉にまた私は感銘を受け、ずいぶん力をもらった。その後、自分の小説で、現実ではない世界の不思議な歯医者がようやく生えてきた主人公の「大人の歯」に向かって怒鳴る「呪《まじな》い」の言葉としてそれを登場させた。ここにも以前書いた言葉だが、いつか出所《でどころ》を明らかにしておこうと思っていたのだった。

この言葉のように、力のある言葉を、ひとへの励ましとしてよく使う。経験上、口頭で伝えるときは、すぐに出所も明らかにしたほうが、力強く伝わる。数年前、持病が明らかになったときの担当医は被災地のご出身で、実はそのとき郷里に病院が建つことになり、一般内科医として赴任することを決意されていた。専門医としては私が彼の最後の患者だった。私はその病への標準治療をひどく恐れていた。その治療の厳しさを聞いていたからである。私の気持ちを見透かしておられたのだろう、最後に短いお手紙をくださり、「勇気を持って治療に向かってください」とあった。勇気を持って、と、私は何度も呟《つぶや》き、以後、この言葉とともに生きてきた。そして人生の様々な局面で、その言葉を必要としているひとに話してきた。

この回が最後*ということなので、伝えたい言葉を書きました。寒い冬に備えて、心の炉辺に、小さな熾火《おきび》を絶やさぬように。


*毎日新聞「日曜くらぶ」連載の最終回。

第二章

二〇二一年四月——八月

鉄人の日々

Ⅰ

しばらくおとなしかった持病が再び活発化して、三週間ごと六クールを繰り返す化学療法に入った。一つのクールの始まりから十日ほどはほとんど寝たきりになっているのだが、十日を過ぎれば、何とか起き上がって簡単な用事なら済ませられる。人の——といってしまえば人類全体を自分のレベルへ道連れにするようないい方ではあるが——精神状態というのは、体の状況に簡単に左右されるものだとしみじみと思い知った。『病牀《びょうしょう》六尺』、正岡子規の明るさの、尋常でない偉大さが改めてわかる。

今は通院加療中の身である。体の調子がよくなると、何とかやっていけそうな気になり、一度など調子に乗って近くの公園に散歩に出かけた。退院以来数ヶ月、ほとんど病院と自宅との行き来に終始して（コロナ禍での自粛生活ということもあって）いるだけだったので、短い散歩時間ではあったけれど、春の魁《さきがけ》の花々が——そのときは小さなハクモクレンのようなコブシなど——季節の移ろいを感じさせ、オオイヌノフグリに柔らかな陽の光が当たっているところなどを見ると、このときもまた、何とかやっていけそうな気がしたし、また、やっていけなくてもいいような気もした。自棄《やけ》になっていたわけではなく、気分がいいとおおらかになり過ぎ、そういう境地になるのだった。だがいつもの五分の二ほど歩いたところで身体中の細胞がもうやめておけ、と警告を発した（ように感じられた）。

この治療に伴う副作用は（人によってずいぶん違うらしいが）延々とあるのだが、なかに味覚異常、という、新型コロナウイルスに罹患《りかん》した人の症状として最近よく聞くようになった症状がある。その場合の味覚異常は、何を食べても味がしない、ということらしいが、それとは違い、一日中口の中でジャリジャリとした金属っぽい感覚があって、これは何かに似ている、とずっと考えていて、ああ、口の中を切ったときの味だ、あれは血液だ、と連鎖的に考えつつ、そうだ、赤錆《さび》が詰まっているようなのだ、とようやくぴったりの言葉を思いついた。赤錆に塗《まみ》れたスチールウールが口の中を占拠している——それでものを食べても、すべてが鉄っぽい。口の中だけではない。身体中の細胞に金属の繊維が織り込まれているようで、自分の体ではないような違和感がある。特に胃は、鋼鉄の塊が入っているようだ。すっかり、「鉄人」になってしまった。しかし十日間だけのことで、それを過ぎれば次のクールが始まるまでは生身の人間に戻る。生身の人間に戻ったからといって、急に活動できるわけでもない。痛めつけられた記憶がボディブローのように体に残っていて、ただぼんやりと、擬似回復期を過ごす。現在進行形で痛みがないということが、どんなに幸せかしみじみと味わっているうちに、次のクールが始まる。

鉄人になると、当然のことながら体が重い（28号はよくもああ、身軽に飛び跳ねられたものだ）。体も冷たくなる。血行が悪いのだろう。

ここ数年通っていた山小屋へ、なかなか行けない。炉辺に座り、薪《まき》の炎で体の芯から温まりたい、と夢見た。

2

桜の花が終わるとリンゴの花が咲き始め、続々と次の実りに向かう。季節はいつも淡々と、先へ先へと進んでいく。

心毒性という言葉を、この病になって知った。初めて聞いたとき、一瞬真っ赤なリンゴが浮かんだ。心—heart—ハートの形—リンゴと繋がる勢いが、毒という言葉を後押しして白雪姫の毒リンゴを浮かび上がらせたのだ。しかし、心毒性というのは、毒リンゴとは

（むろん）何の関係もなく、心臓に害を及ぼす可能性のことをいっていたのだった。

心臓が痛むということがよくわからなかった。何か身につまされることを見聞きして、胸が痛い、というのはよく使われる喩《たと》えだし、私自身も実際胸の痛む思いは幾度も経験してきた。しかし、それは胸のあたりが締め付けられる感覚であった。心臓そのものが痛むとは、どういうことだろう、と、副作用の説明書きを読んで漠然と思った。

その謎はやがて判明した。それは長く、しくしくとチクチクと痛むのだった。多勢の小人が針のような槍《やり》を持って丹念に刺してくるような。かと思えば心臓そのものが急に、両の手のなかに閉じ込めた勢いの良い小鳥のように動悸《どうき》を打ち始める。胸の中から飛び出してくるのではないかと思うほどの制御できない動きに、ただなすすべもなく見守るしかない。呼吸も細切れ。一体何が起こっているのか。心臓の音が連続する銅鑼《どら》の音のように煩《うるさ》くて寝つけない夜は、けれど、この一音一音が、懸命に生命維持に努めてくれている証《あかし》なのだと思い、それが生まれてこの方ずっと続いている営みなのだと思えばなおのこと、ありうべからざる奇跡に思えて、これだけ頑張ってくれているのだから、もう止まっても文句はいうまい、という寛容な気分になってくる。この「寛容」や前回言及した「おおらかさ」は曲者《くせもの》でもある。病と付き合うのに飽き、疲れ、もう戦線を抜け出したい気分もたぶんに関係しているのだ。けれど、それが嵩《こう》じると、ある種の「境地」へ到達する手助けにもなっているのだろう。穏やかで、すべてを受け入れる境地。これが当事者を真に幸福にする道なら、それに至るための「闘い」なら、何が勝利で何が敗北なのか。何が健康で何が不健康なのか。病に打ち勝つ、とは、病とともに生きる、とは、本当はどういうことなのか。形骸化した言葉が先行してわかった気になる世界を脱出し、血肉を通して濾過《ろか》された一滴のような言葉を追いかけたいと思う。

闘病という言葉が、今までしっくりと来なかった。次から次へと内側から湧いてくる副作用という攻撃に、抗《あらが》うこともできずにただ受け身でいるだけなのに、「闘」う、とは。けれど、受け身でいることもまた、「ずっと劣勢に立っている」という闘いの姿なのだと今では思う。劣勢に立ちながら、持ち堪《こた》えているということこそ、ほんとうの力を必要とすることではないか。勢いに乗って簡単に勝利を手にするより。したいけれど。

「ずっと劣勢に立っていた」。一生を総括する言葉として胸を張って墓碑銘にしてもいいくらいだ、と思う。しないけれど。

3

春の陽射しが、うららかという言葉そのままに降り注いだある日、久しぶりに玄関先の露地を眺めた。人目には雑草だらけで手入れの行き届かない庭に見えているだろうけれど、住人（私）にはホトケノザやムラサキケマンなどが春の訪れを告げてくれる、貴重な定点観察の場なのだ。たくましいノゲシはすでに花をつけている。ハコベは柔らかな新芽を伸ばし始めた。

様々な変化を確認しているうち、実生《みしょう》のムクノキ若木の根元に、見慣れぬアロエのようなものが出てきているのを発見した。肌の色や質感はアロエのようなのだが、形は細長い円錐《えんすい》（小人の三角帽を縦に引っ張ったような）で、これは一体、と思わずしゃがみ込んで、突然出現したオベリスクを検分、しげしげと見た。何か植えた覚えはまったくなかったのだが、もしかして、と思い当たることはあった。昨年、ちょうどその辺りにムサシアブミが出現した件である（「生命は今もどこかで」『炉辺の風おと』所収）。ムサシアブミは、一見薄気味悪く思われるテンナンショウ属の一つで、マムシが首をもたげたような姿形に野山で出会うとぞくっとするという人が多い。昨年はその芽生えを見逃したので、もしかしたらこれが、と思いついたのだった。調べると、果たしてそうだった。しかしそれからの展開は予測がつかなかった。

数日の間に、三角帽の一部がタツノオトシゴの腹部のように膨れてきた。そしてその側面に、一本の亀裂《きれつ》が入った。翌日、翌々日と、その亀裂は幅が太くなり、どうやらいろいろなものが折り畳まれていることが見て取れた。ミツバのような形状の葉っぱ部分、花（仏炎苞《ぶつえんほう》）部分などが、世界に出る前の青白くうなだれた状態から、徐々に外界へ向かって顔を上げ迫《せ》り出してくる。芽が出て双葉が出て本葉が出て……というような一般的な植物の芽生えとはまったく異なる様相だった。ほとんど、卵から雛がぬるりと孵《かえ》るようなのだった。植物らしくなかった。不気味といえばこれ以上に不気味な芽生えは見たことがなかった。植物に詳しい友人は、「それにしてもドラマを持ち込むムサシアブミだ」と形容した。昨年からこの植物が出現したことを知っていたのだった。そういえば、と、初めてこの植物が現れてからしばらくして体に変調が出始めたのだと思い出した。あれは凶兆《きょうちょう》だったのだろうか？　抜いてしまうべきだったのだろうか。

凶兆、と思われた出来事は他にもあった。我慢できる凶兆と、できない凶兆がある。これはなんとなく、底知れない不気味さが魅力だった。取り憑《つ》かれた、というほど夢中になっているわけではないし、惚《ほ》れ込んだわけでもないが、そこにいるなら別にかまわないような気がした。もしも主治医が「治療上、差し支えがあります。それは絶対に抜くべきです」と主張したなら（生まれ変わってもそんな非科学的なことはおっしゃらないだろうけれど）、特段の心理的抵抗もなく取り去っただろう、その程度の執着。

ずっと後になって、一生を織物のように見たら、ムサシアブミを点景にして、この時期の辺りは同じような色彩で彩られるのだろう。禍々《まがまが》しくともそこにあってふさわしいような気がした。

4

唐突だが、牛乳との付き合いは長い。

幼い頃は親に与えられるまま当然のように飲んでいたが、学生時代は一時期ベジタリアン志向もあり、遠ざけたり、飲むにしても低脂肪の牛乳を選んでいたこともあった。やがて英国で生活するようになって、脂肪分たっぷりの牛乳に文化の違いを感じた。確かにおいしかった。配達される瓶の牛乳の一番上には厚い乳脂肪の層が浮いていて、それを目当てに小鳥がアルミの蓋《ふた》を器用に開けるのが話題になっていた頃だ。クロテッドクリーム（ほとんどバターに近いほど乳脂肪分が高い）をたっぷりと塗ったスコーンは、英国ティー文化の主役であった。

　帰国してからは特に乳脂肪分の高さ、低さには拘《こだわ》らなかったが、紆余曲折を経て家族が食物アレルギーと判明し、いろいろな食品を見直すようになったとき、当時の主治医を始めとして、昨今の牛乳は身体によくないという意見があると知った。三十年ほど前の話である。しかし一般には成長期に必要、という根強い主張もあったし、後年母親が骨粗しょう症になってからは、老年期にはむしろ飲むべきではないかと、これも漠然と思うようになった。この間もずっと、私自身は英国式ティーを拒まなかった。

　しかし最近、英国に棲《す》むアナグマの種族史（?・）と生態を描いた『アナグマ国へ』（パトリック・バーカム著）を読んだとき、大昔から受難続きであったアナグマが、近年、ウシ型結核蔓延《まんえん》の元凶とされた、という件《くだり》で、英国の酪農の実態を知ってしまった。いや、そこに批判があることは以前から薄々知っていたはずだ。無意識に避けていたのかもしれない。だが今回はアナグマに肩入れする勢いで、つい、意識して読んでしまったのだった。以下はそこから得た知識である。

　一九五〇年代から広く使われるようになった人工授精を用いた品種改良により、酪農業は「進化」、大量の牛乳を出せる「変異牛」が生まれた。現代のホルスタイン牛は病気への抵抗力が弱く、他の牛より一回りも二回りも身体が大きいので、昔ながらの古い農場では十分な広さの寝床や放牧できるスペースが確保できない。不衛生にもなり易い。ある六人の獣医たちが連名で発表した論文には、「膨大な量の乳製品がもたらす収入ではなく、自然と共に生きる小さな農家を目指すのだ。―略― そして小さな農家と小さな消費者をも支えていく。乳牛の暮らしはより自然なものになり、プレッシャーが和らぐことに繋がるだろう」。また牧場管理人のスティーヴ・ジョーンズ氏は、必ずしも工業型農業が悪いのではなく、「作った牛乳に過不足ない値段がつけられてさえいれば」、良い農場は実現できる、という（『アナグマ国へ』より抜粋、一部要約）。

ウシ型結核蔓延は単純にアナグマのせいとばかりはいい切れない、という文脈なのだが、私は自分が滞在した時代の英国の牛乳文化（？）を思い出し、感慨深いものがあった。元々あった、乳脂肪に対する英国民の嗜好《しこう》性の高さ（現代の健康志向により低脂肪を好む風潮も出てきたが）が、供給する側の切磋琢磨を助長したのだろう。しかし単純ではない牛乳問題はさらに続く。

5

牛乳に疑問を呈《てい》することになった最初の本は、以前友人が乳がんになったときに読んだ、文字通り『乳がんと牛乳』（ジェイン・プラント著）だった。そもそもミルクは同種の動物の子どもの成長に合わせてたくさんのホルモンやホルモン様物質を高濃度に含んでいるホルモンカクテルであり、牛乳もまた、急速に成長する仔牛（体重は一日に一キロずつ増える）が飲むための特殊な化学物質が数百種類も含まれている液体であるので人間向きではない、ということがこの本の主張の一つであった。著者は乳製品を排することによって、四回もの再発を繰り返した自身の乳がんを克服したとしていて、説得力があった。しかし友人へは情報として知らせたものの、私自身は牛乳文化へのノスタルジーのようなものがあって、がぶ飲みのようなことはしなかったけれど、遠ざけることもなかった。

そうこうしているうちに、私は介護のため南九州へ通い始めた。数年前のことである。ある日実家の庭に積もった火山灰を除去しようと奮闘していた最中《さなか》、雨に濡《ぬ》れて重くなった灰の袋を（幾つかまとめて、何となく）持ち上げようとした途端、背中に鉄板が落ちてきたような衝撃を受け、そのまま動けなくなった。これが世にいうぎっくり腰というものか（西洋でそれを呼ぶ「魔女の一撃」という言葉がぴったりだったのだ）と思い、数時間後、ようやく動けるようになって、騙《だま》し騙し、買い物や介護を続行し、予定していた兄弟家族のための晩餐《ばんさん》も作った。東京へ帰った後もやはり尋常でなく痛むので、近くのクリニックへ行くと背骨が折れていた。圧迫骨折。その時測定した骨密度は平均値だった。よほどの負荷がかかったのでしょうね、ということだった（担当編集者の一人が「背骨が折れても働き続けた、というところ、まるで三国志の豪傑のようですね。戦場で獅子奮迅《ししふんじん》の働きの後、右腕が折れてたのがわかった、とか」といってくれ、不思議に慰められた）。

一年かけてようやく治ったというのに今度は持病の方が再燃し、化学療法を始めて二ヶ月ほど経った頃（つまり、つい先日）、ふとしたことで再び骨折した。鉄人なのに。これは書いてあった使用薬剤の一つの副作用か、それとも近頃牛乳を控えていた、そのこととも関係があるのか。私は乳がんではなかったが、牛乳中に含まれる高濃度のインスリン様成長因子、ＩＧＦ－１が、細胞の分裂増殖を起こし、それが最も盛んな乳児期と、成人なら癌細胞の増殖に働く、という、あの知識が残っていたからである。五箇所の圧迫骨折をし、野山に行くことを断念せざるを得なくなった先輩作家の顔が浮かんだ。今のうちに手を打たねばと決意した。

牛乳のことが気になった。骨のためには牛乳カルシウム摂取が結局一番効率的、という『乳がんと牛乳』よりも昔に入ってきた情報が、恩師の教えのように心に残っていた。骨が脆《もろ》くなったのは牛乳をやめたせいではないかという疑念が拭《ぬぐ》い去れないのだ。これは我ながらちょっと、「いつもお辞儀をしているお地蔵様に最近不義理をしている、不幸はそのせいではないか」と疑う心情に似ている——私の小説にはこういう短絡を得意とする登場人物が時折出てくる——職業病かもしれない。牛乳問題はさらに続く。

6

『乳がんと牛乳』の著者、ジェイン・プラントさんの主張の数々も、勢いが良すぎてこちらが半信半疑になるところもある。本当に乳製品さえ止めれば化学治療中の脱毛も起こらず、再発もしないのか。たとえそうだとしても、これは日本人とは桁違いに乳製品を摂取してきた、牧畜の歴史も長い欧米人にだけいえることなのではないか。『乳がんと牛乳』は発表当時から欧米で大きな反響を巻き起こした。英国の隣国であるフランスは、乳製品抜きで食事をするのが困難なほど、英国以上に乳製品が日常に溢れている国であるが、(たぶん)この本によって不安に駆られた消費者団体の求めに応じ、フランス食品環境労働衛生安全庁(ANSES)は二〇一二年「がんの増殖リスクに影響を及ぼす乳及び乳製品の成長因子に関する報告書」を発表した。その中に「高温処理後、生乳にＩＧＦ－１は検出されない」とする一文がさりげなくあった（そしてフランスで販売されている乳製品はほとんどこのケースだとも）。もうこの歳になれば、牛乳擁護論の背後に、企業や団体の思惑が絡んでいるのではないかという可能性の存在も何となく頭の隅にある。だが本当だとしたら（今まで食に対する意識の高い層から信頼されてきた低温殺菌牛乳の立つ瀬はないけれど）、牛乳好きには朗報だ。しかし『乳がんと牛乳』は容赦無く「普通の高温殺菌より高い１７５度で45秒加熱してもＩＧＦ－１濃度が減少しなかったという報告もある」と述べている。「もある」だから、この辺は彼女も確信がないのだろう。そう思いたい。しかしまた、乳製品ががんのみならず骨粗しょう症まで引き起こすと書かれているに至っては、茫然《ぼうぜん》とせざるを得ない。ここも一行で片付けてあるが、その予防のために飲もうとしている者にとっては、足元がガラガラと音を立てて崩れ落ちる一行だ。裏付けが欲しいところだ。

調べると日本社会でも同じように牛乳の危険を指摘する本が何冊も出版されていて、また、それは何の根拠もないことだとする説もあることがわかった。牛乳問題は私のなかでは何の結論にも至ってはいなかったが、とにかく三度四度と繰り返さないように、今回の骨折には慎重に対処したかった。

前回の骨折のときは近所のクリニックでレントゲンしか撮らなかったので、今回は少し遠くの総合病院を初めて訪れ、CTを撮ってもらった。やはり前回骨折した箇所の下の腰《よう》椎《つい》が怪しいということだった。担当医は美しく誠実な女医の方で、諸々の親身で丁寧な説明を受けた後、つい気安くなって「(化学治療中であることを伝えてあるので)勝手に牛乳を控えていたんですが、それで骨が弱くなった、ということは」。「ああ、牛乳!」さりげなかったが短い言葉に詠嘆の意を汲《く》んだ私は、彼女も牛乳問題を抱えていらっしゃるのではないかと勝手に推測した。「主治医の先生はなんておっしゃってます?」「訊いていませんが、たぶん、牛乳がこの病に悪いというデータはない、とおっしゃると思います。ホームページでの病院側の見解がそうなので」「思い切ってお訊きしてみたら? 私も知りたい」「わかりました。思い切って訊いてみます」。結論の出ない牛乳問題は、次第に混迷の度合いを深めてきた。

7

次のクールの診察時、主治医のI先生に「思い切って訊いて」みると、断言こそされなかったものの、牛乳の話題は少なくともこの界隈《かいわい》（つまり専門医の間）で出たことはない（から気にしないでもいいのでは）というようなお返事で、その口調からは、絶対に飲むな、飲むべき、という熱量は感じられなかった。つまり、I先生は牛乳問題を抱えておられなかった（そうだろうとは思っていたが）。

そのことを整形外科のY先生に伝えると、そうでしょうね、というように頷き、それから次に、なんとおっしゃったのか、具体的には覚えていないのだが、ともかく、牛乳を受け入れた方がメリットはあるかも、というようなニュアンスのことを呟かれたと思う。このときふと、もしかしたらY先生は最初から牛乳問題など抱えておられなかったのだが、患者のなかにたまに強い牛乳不信を持ったものが来るので、その対応策として「頭ごなしに否定しない」という方針を取られてきたのかも、と思った。

八ヶ岳の山小屋の、管理事務所のMさんのお宅でも、奥様が以前『乳がんと牛乳』を読まれ、家庭内は牛乳飲む派と飲まない派に二分されていたらしい。飲む派Mさんは、飲まない派の前で「気まずく飲んでいた」とのこと。その後、紆余曲折あって、今では奥様も「少し飲む派」になられた由。思えば三十数年前、私の出会った牛乳反対派は「子どもたちが牛乳を飲むようになってから、骨折やアレルギー、もしかしたら自閉症までが増えた」と唱えており、それには否定できない説得力があった。アレルギー疾患といえば、戦後衛生状態が良くなり回虫が消えたことで増えたのだ、という説もあった。いろいろあるから眉唾、ということもないだろう。それらにプラスすること戦後の復興のため奨励された杉の植林等環境の激変。しかし一方では、日本人の寿命は戦後明らかに延び、体格は目覚しくよくなった。そういうと、寿命は延びても健康寿命はどうなのか、体格はよくなっても逞《たくま》しさは伴ってはいない（こんないい方ではなかったが）等々、議論はイタチごっこで自分のなかで結論はつかず、牛乳問題は棚上げとなり、あまつさえ数年前からは、瓶入りの牛乳を配達までしてもらっていた。配達牛乳の勧誘が来たとき、子どもの頃、自宅の門柱に括りつけられていた巣箱のような牛乳箱に、毎朝紙蓋の瓶牛乳が入っていた記憶が蘇《よみがえ》り、ついオーケーしてしまったのだった。今の牛乳箱は昔のような木箱ではなく、プラスチックの置き箱で、瓶牛乳も紙蓋でなくプラスチックの蓋だったのが残念だったが。しかしさすがにノスタルジーと心中するつもりはない。飲むのか飲まないのか、ときどき飲むのか。

治療中の患者の毎日の食事などといういわば「ソフト」面は、結局は患者本人の責任だ。たとえ入院中であっても出された食事を口に入れる、入れないは本人の裁量で（こっそり）決断できる。水際で対処できるのだ。カヤックをやっているときの心持ちを思い出す。危機的な局面に出会うたび、いちいち悲嘆に暮れる余裕はない。状況から必要な情報だけを読み取り、判断し、次へ繋げていく行動をとる。患者を生きるということは、当事者を生きるということで、やってくる波を乗り切ることは、誰にも代わってもらえない。

群れにいると見えないこと

I

春先、八ヶ岳の山小屋へ向かった。背骨を骨折している身では長時間座席に座り続けることもできず、家族に運転してもらい、後部シートに横になって移動した。

仰向けになると、天井のサンルーフを中心にして複数の車窓から一斉に空が見える。高い空をいく渡り鳥の群れも、低い空を横切る思いも掛けない鳥の姿も、雲の流れも、絶え間なく途切れなく続いている世界の一コマとして見えるのだった。とても新鮮だった。車が急崖《きゆうがい》に近い山際を走ると、迫る山肌の天辺《てつぺん》まで見え、この道に木々がこんなにもからだごと覆いかぶさるように茂っていたことを初めて知り、目を丸くすると同時に滑落《かつらく》した登山者の気分にもなった。街中のビルの脇を走り抜けるときなどは、上の階から今にも人が落ちてきそうな気さえした。映画の不穏なカメラアングルの効果を思った。実に臨場感に溢れ、それは普通の姿勢で座席に腰掛けているときには得られないものなのだった。

麓《ふもと》の木々にはすでに若葉が出始めているのに、到着した山小屋の辺りはまだ冬が立ち去りかねている風情で、春らしい息吹《いぶき》は感じられなかった。部屋に入りひまわりの種をテラスに出すと、昨日まで来ていたかのようにコガラが現れた。いつでもまず一番にやってくる、猜疑《さいぎ》心のない、勇気あるコガラ。そのくせやってくる鳥たちの中ではヒガラについで闘争心がなく、あっという間に追い払われてしまうコガラ。そういうコガラ含むカラ類などの常連組に加え、翌朝は珍しくアトリがやってきた。ひまわりの種をつつくカワラヒワの後ろで、勝手がわからない新参者の常としておずおずと様子を見ていたが、気づいたカワラヒワから叱られ、その攻撃を避《よ》けながら自らは反撃せず、それでもなんとなくカワラヒワの死角に回り込みこの強気な鳥が去るのを粘り強く待っているように見えた。そのうちカワラヒワも去り、オスよりは淡い色のメスのアトリもやってきて、夫婦者だとわかった。

そもそもアトリは大群で里にやってくる冬の鳥であるが、標高の高い私の山小屋では冬場見たことがなかった。今回は季節の変わり目、北への渡りの途中、山を越える難所で群れからはぐれ、一時的に休憩をとっているのだろうか。このオスが初めて現れたときは頭がまだ茶色だったのが、数日で見る見る黒くなっていったのに驚いた。大群でいるときは数に圧倒されて気づかなかったが、一羽ですっと立っていると、実にうつくしい鳥なのだった。とはいえこの一羽が飛び抜けてうつくしい一羽であることも、写真に撮って見て改めて確認した。カワラヒワとの飄々《ひょうひょう》とした対峙《たいじ》の仕方といい、多数でいるアトリたちとは違った個性の持ち主であるように思えた。アトリといえば大勢でやってくるイメージが強く、数をかさにきて喧《やかま》しさで相手を圧倒するのが彼らの生き方のように思っていたが、こうして一対一で、きちんと相手に向き合っていく（？）アトリもいたのだなあ、と認識を新たにした。それとも、群れにいるときは発現しない個性というものがあるのだろうか。小さな生き物の集まりを大きな単位で括ると、それ自体が一つの生き物のように見えて、個が見えなくなってしまう。

2

夫婦《つがい》に加え、翌日は五、六羽のアトリの小群も現れた。この辺りの何処かの森に、渡り途中のアトリの大群が潜んでいて、そこから抜けてくるのだろうか。それとも単独行動好きのアトリというものがいて、そういうはぐれアトリたちがここで待ち合わせして渡りに適した数になるまでうろついているのだろうか。

鳥の中には繁殖期が近づくと頭が黒くなるものがある。ユリカモメなどその代表格で、英名は文字通りの black-headed gull、黒頭のカモメ、である。京都にいた頃は頭の黒いユリカモメを見たことがなく（四月、北帰行の本格化と同時に顔が黒くなり始めるのだが、当時この時期は何かと忙しく、鳥を見る暇がなかった）、初夏の北琵琶湖の浜辺で、黒いマスクを被ったユリカモメが一羽、大慌てで北を指して低空飛行しているのを見たのが初めてで、あれがそうかと感じ入った。時計が夜中の十二時を鳴らすなか、慌てふためいて大階段を走り下りながらどんどん元の姿に戻っていくシンデレラを見るようだった。

アトリもまた、夏の装いに頭を黒くする鳥であった。それはつまり、繁殖期に備えて異性を惹きつけるためということなのだが、それも不思議だ。悪役っぽくなるだけのような気がする。強そうに見えるということなのだろうか。日本にも昔、お歯黒というものがあったが、あれは既婚女性の口内衛生が目的であったと思う。結婚して歯を黒くすることによって、もうパートナー募集中ではないのだと知らしめる効果もあっただろうから、鳥たちのそれとは目指すところがまったく逆だ。だが異なる種の美意識について、私が何も、文句をいう筋合いではないし、彼らの世界ではそういう文化なのだろう。

新着のアトリたちは黒頭が多く、その時点ではまだ茶混じり頭だった前日組のアトリと見分けがつきやすかった。茶混じり頭のアトリは、仲間が現れても平然として、ガツガツしていたわけでもなければ、おどおどしているわけでもなかった。やはりどこか飄々としていて、同じ場所に居合わせてにじり寄られても「あ、そうなんですか」「へえ、なるほどねえ」とかいいながら、何となく距離をとっているように見えた。けれど確かに、艶々と黒光りする頭に比べれば、茶混じりはひ弱そうなぼんぼんに見えた。そういえばガングロ、というのもあったけれど、あれもやはり、強そうに見せるのが魅力的だということだったのだろうか。いや、異性を惹きつけるのが目的ではなく、彼女たち自身、強くなりたかったのではないかな。するとアトリも、もしかしたらワシタカの猛攻を避けつつ日本海を渡り切るという荒業《あらわざ》の前に、勢いをつけるために黒くなっているのかもしれない。それがたまたま、体の仕組みが繁殖期用にシフトされるときに乗じて行われ、そういう「迸《ほとばし》り」が体内に満ちて、結果的に繁殖という荒業がなされるのかも。

そんなことを取り止めもなく考えているうちに、茶混じり頭もどんどん黒くなり、一週間も経たないうちに、彼らは全員いなくなった。孤高を保つという意識はなく、渡るときは群れになる、生き方で自分を縛らない、ということ。

3

先日『わだつみのこえ消えることなく』について書く機会があり、書き終わった後も暫《しばら》く、その周辺から心が立ち去りかねているところへ、読まれた編集者のKさんが、昔ご自分の手掛けた芹沢光治良《せりざわこうじろう》全集に関連箇所がある、とその一冊を送って下さった。

『わだつみのこえ消えることなく』は、学徒出陣で海軍へ入隊、三千数百人の予備学生の首席として学生長を任命され、人間魚雷と呼ばれた回天に搭乗、出撃を前に不慮の事故で亡くなった和田稔の日記や手記などを中心に組まれた遺稿集である。和田は沼津中、一高、帝大と順調に進学するが、郷里の先輩である芹沢光治良氏の家へ友人たちと集うのを毎月の慣例としていた。最後に一人で氏の家を訪れたときの様子を、芹沢氏は和田に語りかけるような親しみのこもった口調で回顧する。（以下『芹沢光治良文学館　短篇集　死者との対話』より）

「君は戦争に懐疑的であるばかりでなくて、まだ死の覚悟ができていないからと、神経質な目《ま》ばたきの癖でいった。君は死の覚悟をもつために哲学書、特に西田博士のものを一生懸命に読んだが、何も得るところがなくて、却っていらだつばかりだったと、苦笑していた」ことに対して芹沢氏は、死を急いではならないというようなことしか話せなかった、

という。すると和田は、

「死を前に純粋な心で、これほど切実にもとめるのに、何もこたえてくれない哲学というものは、人生にとって、どんな価値があるでしょうか。それは、日本の哲学者はほんとうに人生の不幸に悩んだことがないので、人間の苦悶《くもん》から哲学をしなかったからでしょうか、それとも、哲学というのは、生や死の問題には関係のない学問で、学者の独善的な観念の体操のようなものでしょうか」。何という切羽詰まった叫びのような問いだろう。芹沢氏は答えに窮し、フランス留学時代の話をしたという。

それは芹沢氏が哲学者ベルグソンの屋敷で、彼と面会中の出来事だった。突然部屋に入ってきた聾唖《ろうあ》の令嬢に、父であるベルグソンは令嬢の持ってきたデッサンを一枚一枚丁寧に見、彼女が彼の唇を読めるようにゆっくりと話し、励まし続けた。そしてそれがおわって令嬢が出て行くと、ベルグソンは芹沢氏らに非礼を詫《わ》び、また何事もなかったかのように話題に戻ったという。若い芹沢氏はベルグソンのその態度に感銘を受けた。そこから、翻《ひるがえ》って日本人の学者は、大衆を「言葉のわからない群」のように見なし、ベルグソンがその娘に話しかけていたような努力を怠った、これは日本人の不幸である、というようなことをいった。

芹沢氏は和田稔の問いを、「言葉を解しない大衆の一人」の嘆きであると同時に、「見すてた学者」に対する憤りとして受けとり、そして「君や僕が」言葉を解しない大衆の一人であるという立場で話したという。「その時、君はあの癖のまばたきをして眼鏡のうらに涙の粒をごまかした。僕は君の涙の意味がよく分らなかった。今も分らない」

それはわかる気がする。芹沢氏の誠実さや優しさは文章だけでも伝わってくるが、和田稔に関しての解釈は少し違うように思う。

4

たとえ西田哲学がどんな難解な言葉で語られたとしても、その奥に和田の求める類いの普遍の真実があれば、和田はそれを感知しただろう。彼にそれが感知できなかったということは、最初からそれはそこには「なかった」のだ。それは今和田のいる、非常時の緊張感で張り詰めた世界に耐え得る言葉ではなかったのだ。そのことの絶望をいっているのに、これもまた和田の世界から遠い場所にいる芹沢氏は、氏の持ち得る精一杯の誠実でもって、まるで伝えようとする努力さえすれば、その哲学の真髄《しんずい》が我々にもわかるものを、といっているかのようである。だが和田稔はまったく違う次元のことをいっているのである。ことばのもつ力の、可能性の、限界の話をしているのだ。彼の涙は、自分が今いる世界が、ついこの間まで自分も属していた、芹沢氏のいる穏やかな知の世界と完全に異なってしまったことの涙であったのだという気がしてならない。そしてそのときのベルグソンのように優しく自分の娘に語りかけるような未来は自分にはもうないのだ、このように留学して外国の文化に触れる機会は自分の人生にはないのだという絶望、それに気づかぬ芹沢氏の世界との懸隔《けんかく》。

手記は、あるときはこの上もなく愛国的に、そしてあるときは少年のようにまた老賢人のように家族を思う。凄《すさ》まじい密度で生が凝縮されていく、この尋常でない緊張感が、彼と、彼の立場にない一般人の生きている世界を、徹底的に次元の違うものにしている。芹沢邸を辞して一年程後、

「芹沢光治良先生よりも葉書あり。先生のように真面目に自分の生活の高揚に没頭されているのは、いつもながら敬服されるけれども、何となくこの時代にとってものたりないというような気がしてくるのはどういうわけであろうか」。そしてそれからほぼ半年後、昭和二十年、二月一日。激烈な訓練の日々のなかで、初めて鋼鉄の棺桶《かんおけ》のような回天に搭乗する日がきた。その日の日記は長い。回天については技術的なことが書いてあるだけだが、やはりその非情な冷たさが、彼の心の深く柔らかい部分にダメージを与えたのだろう、自

分がもといた世界、いわば芹沢氏のいる世界への圧倒的な思慕が感じられ、読むたびに胸が痛む。

「(…)漱石の『こころ』を読み、尾崎士郎の『人生劇場』を読む。―略― 文学とか詩とかいうものが、夫々《それぞれ》各個のものとしてではなく、一般なる文学、詩、そのものとして、私に訴えてくるようになった。勿論それは、途方もなく杜撰《ずさん》なものであることは当り前すぎることなのだが、しかしそれにしても、どうしてそれが、このように私に涙ぐましく響くのであろう。私にはもう何も要らない。慰めとか、励ましとか、―略― 何という下らない安っぽさの群であることか、それは。私に今ほしいのは、私の平和な時代に私を泣かせたと同じ涙なのだ。私が何の色眼鏡もなしに私を見つめていた頃の私の心は、いつか失われてしまっているのではないだろうか。私がこの春のうちに私の生を祖国に差上げるであろうということはほぼ確かなことである。しかし、そんなことはもう私の知ったことではない(…)」

5

終戦の年の九月、和田の眠る回天は近くの小島に流れ着いた。遺体は漁民の知らせを受けた元海軍兵たちの手で荼毘《だび》に付され、家族の待つ故郷、沼津へ帰った。

わからないことがいくつかある。彼は事故に遭う七月二十五日の朝、日記や写真等身の回りの私物を借り物のトランクに入れ、回天の操縦席に持ち込んでいる。今となっては誰に確かめることもできないが、これを訓練のたび、彼のとっていた行動と考えることも可能だ。しかしこのとき、荷物をまとめるため上官のトランクを借りていたことがわかっている。毎回借りるくらいだったら、トランクの一つくらい親元に頼んで送ってもらっていただろうから（彼を愛してやまなかった両親は万難を排してでもそうしたことだろう）、この朝、何かの理由があって特別にとった行動のように思われる。まるで二度と帰ってこないことがわかっている者のようだ。

そしてさらに不思議な——というより、そのことに思いを馳せずにいられなくなることには、事故に遭って死ぬまでの約十時間、彼は何も書き残していないのだ。同じような回天訓練中の事故では遺書を残した先例もあった。だが和田はそれをしなかった。死と対峙する心情や思索を、忙しい時間を割いて頻繁に手記に記録してきたそれまでの彼の「在《あ》り方」からすれば奇異なことに思える。その十時間の間に、三日分の糧食をすべて食べ尽くし、発見されたときは穏やかな顔であぐらをかいていたというから、一行たりとも書ける状況になかった、とは思えない。日々訓練に明け暮れ、一人になる時間を宝石のように貴重に思っていた彼は、最後の孤独のときを、どんな思いで過ごしたことだろう。彼は初めてあらゆる「群れ」の圧力から自由になれた。もしかしたらもうこのまま誰にも発見されないかもしれない。けれどももちろん発見されるかもしれない。書くのなら家族のため、読まれていいものを書き記さなければ。私が彼の立場になったなら、もうそんなものは書きたくないと、初めて自分の思いに気づいたかもしれない。元々優れた個人であったが、初めて群れから完全に離れた個人となり、そして亡くなっていったのかもしれない。

和田稔、享年二十三。幼い頃からヴァイオリンをよくし、一高オーケストラではコンサートマスターとして活躍した。

それから七十六年後、日本ではコロナ禍でのオリンピックが開催されようとしている。ボランティア辞退が相次いだことに対して、まるで替えはいくらでもいるといわんばかりに「お辞めになりたいなら新たに募集する」、Ｇｏ Ｔｏ トラベル再開に関して、勇気を出して突っ込めと号令をかけるかのように「恐れていては何も出来ない」等々、昔の亡霊のような言葉を耳にするようになった。ＩＯＣ会長に「日本人は逆境に耐え抜く、ユニークな粘り強さを持っている」などといわれると、犠牲になることを厭《いと》わない国民性を思い出し発奮せよと命令、いや揶揄《やゆ》されているようだ。一致団結、我慢較べ、隣組制度気質……。

戦争の犠牲に報いるだけの省察がなされる機が、皮肉にもようやく熟したのだろうか。

半返し縫いの日々

Ⅰ

　新型コロナウイルス流行の折から、八ヶ岳にいるときはほとんど山を下りなくなったし（滞在中買い物に行かなくてすむよう、予《あらかじ》め食料万端整えて車に載せてくる）、そもそも療養中で、人のいる・いないとは関係なく、以前のような散歩も不用意にはできなくなっていた。ある程度歩いたところで、あれ？　もう限界？と著しく体力が落ちていることに今さらのように気づかされ――意識では今まで通りもっと行けるものと思っているので――ため息をつくこともしばしばだった。そこからUターンして、来たときと同じ距離を歩いて帰らなければならない。まるで返し縫いのような日々。いつ限界が来るのか予測がつかない。思うように先へ進めない。それで、敷地内（山庭）を彷徨《うろつ》くことが多くなった。すぐに小屋に入って休める。

　山庭のいいところは、自分で植えたものはほとんどないので、サプライズに満ちているところである。自生のサクラソウを見つけたときの喜び。この高地ではほんの五センチほどのマイヅルソウ、真っ直《す》ぐな意志、というものを感じさせるササバギンラン。キバナノヤマオダマキは、七月の開花に向けて着々と葉っぱを展開させてきた。同じような葉で、同じように花期もまだまだだというのに一番たくましく生い茂ってきているのはヤマトリカブトだ。トリカブトの仲間のなかでもこのヤマトリカブトは特に毒性が高く（世界最強の有毒植物らしい）、触っただけでも害をなすという。私はこの花の濃い紫が好きだが、猛毒と知って見るからか、どこか不気味な気配を漂わせている。シカも食べないので、我が世の春を謳歌《おうか》している。しかしあまりの多さに、何かいい活用法はないかとときどきいろいろ夢想する。トリカブトは生薬の附子《ぶし》の原料だ。強力な滞りを打破する力があるらしく、漢方薬に処方されているのをよく見かける。尋常でなく代謝をよくするわけで、良いにつけ悪いにつけ、及ぼす影響が大きすぎるのだろう。先に進ませ過ぎるのだ。

そんな複雑怪奇さとは正反対に、木漏れ日のなかで慎ましく清楚《せいそ》な白い小花が咲いている。これは名前で損をしている、シロバナノヘビイチゴだ。ヘビイチゴと名は付いているけれどその属するところのキジムシロ属と違い、れっきとしたオランダイチゴ属。売られている苺《いちご》と同じ属だが較べると染色体の数が少ない。木漏れ日ほどの光量が、生きるのに最適という慎ましさ。

そこから母屋を挟んで日当たりの良い反対側には、それこそヘビイチゴによく似た黄色い花を咲かせているミツバツチグリを見つけた。シロバナノヘビイチゴの色違いのような姿形だが、こちらは日光大好きのヘビイチゴと同じキジムシロ属。麓ではとっくに花期が過ぎているタチツボスミレもチゴユリも、どういうわけかまだ咲いているが、背丈も葉の大きさも普通の半分ほど。

山の春は、進んでは少し逆戻りする。連なる日々を一直線として、迷いなく前へ進んで（いたつもりで）いた頃とは違う。速さはないが、半返し縫いのような確かさがあって、ようやく落ち着く時間感覚を見つけたことに、はたと気づく。

2

里にいると汗ばむほどの陽気になっても、山はそれほどでもなく、午後も長《た》けてくればやがて次第に冷え込んでくる。完全に陽が落ちる前に仕事の手を止めて立ち上がり、ストーブの火を焚《た》き始める。昼間山庭を彷徨きながら拾い集めたレース細工のような梢《こずえ》の先っぽ――冬期の強風で、まだ小さく硬い冬芽をつけたまま落ちてしまった細い枝の先――を主体に、ほんの少し新聞紙をくしゃくしゃにしたものを真ん中にして庫内に置き、その周りにこれもまた拾い集めた小枝（レースよりは太い）を井形に組んでいく。井形は一部真ん中寄りにしたり、途中三角形になったり、故意と成り行きの真剣なバランスで積み上げていく。空気の流れを邪魔しない程度に少しだけ火が燃え移るイメージ。

三十数年前、九州の山小屋で初めて薪ストーブを使い始めた頃、黒焦げになった新聞紙が煙突から舞い上がって外へ出ることに気づき、長い間新聞紙使用禁止を自分に強いていた。けれど今では新聞紙を完全燃焼させる自信が付いている。そのコツは、上昇気流が盛んになる前に「ほんの少し」を完全燃焼、だ。黒焦げになってから、さらに燃焼させ白い灰になるまでを見届ける。もちろん大量に燃やそうなんて、つゆ、考えてはならない。

拾った小枝は、太さによって選別しておくが、大抵はカラマツかウラジロモミで、若干の違いはあるものの、どちらも油分が多く、継続的には使えないが、このようにスターターとしてならとても勢いよく火が付いてくれ、最近は着火剤を使ったことがない。十分火が燃えてきたら、広葉樹の薪を按配《あんばい》して、ストーブの硝子扉を少しだけ開けておく。天板に置いてあるホーローのやかんをずらして、水を張った鍋を置く。鍋には洗っただけの根菜を入れておくことも多いし、作り置きの煮物を温め直すこともあるが、とりあえず水を沸かせば部屋の乾燥防止にもなるし、パスタも茹《ゆ》でられる。ちなみにご飯は無理だ。この辺り、気圧が（天気によって若干違うけれど）八百三十四ヘクトパスカル前後なので、米を炊くときは圧力釜を使用しなければならない。

この気圧の差はいろいろなところに影響を及ぼす。低気圧が来ると体調不良を起こすという人は、要注意らしい。私自身もそういう傾向はあるが、この山小屋に関してはすっかり慣れてしまったし、客人で気分が悪くなった人は今のところいないが、万が一のために乗り物酔いの薬を用意している。つまり、三半規管がおかしくなるようなのだ。だから、慣れないうちは平地から少しずつ時間をかけて、ここまで登ってくるのが本当はいいのだが、コロナ禍で他者との接触を避けると、自然とドアツードアになり、あっという間に着いてしまう。

薪で沸かしたお風呂は体が温まるとよくいうけれど、薪ストーブで沸かしたお湯も、よく体を温める。マグカップでお湯を飲み、古くなった新聞紙を読む。「その先を知っている」未来人の義務は、ヴィヴィッドな憤りや疑念をもう一度なぞってしっかりと記憶に縫い込むこと。忘れないこと。ファイザー社製ワクチン追加供給、国民全員分九月末までに確保、とか。

3

そもそも付き合うに苦手だった人はいうに及ばず、好感を持っていた人とさえ、学校を卒業したり職場が離れたりするといつしか疎遠になってしまうものだけれど、自分自身とはそういうわけにはいかない。自分が大好き、というひとはいいのだが、世の中には自分のことをあまり好きになれないひともいるだろう。いやむしろ、大嫌い、というひとさえある。他人なら遠ざかっていけるものを、逃げようもなくじっくり付き合い、人間というものを学ぶように天から配剤された課題——それが自分なのだ。

ところで八ヶ岳の小屋にテレビはないが、東京の家に帰ると昨今の目まぐるしい社会情勢（コロナ情報含む）やその報道ぶりを確認したくてよくテレビをつける。私の人生で皮肉にもこんなにテレビをつけていた時期はなかったような気がする。いや、東日本大震災の頃もつけていた。つまり今は未曾有《みぞう》の天変地異に相当する時期なのだ。だがそのおかげで先日、新潟県十日町市竹所《たけところ》で古民家に暮らすカールさんとティーナさんご夫妻を取材した番組が放映されているのにも気付くことができた。

カール・ベンクスさんは滞日歴の長い建築デザイナーだ。彼のリニューアルする古民家は品よくカラフルで心躍る。どこかヨーロッパの山小屋風、とも思うが、そういう見かけだけのことを超えて、風格のある資材と新たなデザインが内在するリズムを生み出してとても惹きつけられる。彼は一本一本の古い柱や扉などを、今ではとても手に入らないいい材料を使った宝だとし、最近のすぐだめになる新建材などは砂利のようなもの、という。テレビ画面には、地域を散歩しながらご自分が生かしてあげることのできなかった朽ち果てていく民家、生かせるはずだった廃材を悲しげに見るカールさんが映る。建築は、彼にとっては自分自身の分身でもあるのだろう。W・モリスのアーツアンドクラフツ運動は、十九世紀英国で大量生産の方向へ向かおうとしている時流に逆行するかのように起こった人間性復興を目指したものであったけれど、ある程度年齢を重ねられてから竹所に越してきたカールさんたちのそれは、大学時代の学友たちと若いエネルギーに溢れて始めたモリスたちのそれよりもっと気負いなく、ただ個々の必要に迫られて静かに湧き起こってきたもののように思われる。

自分というものを作っている骨格は、気が遠くなるほど昔から受け継がれてきている遺伝子で、「大嫌い」であっても簡単には変わらない。ではそれを生かす方向を見いだせないものか。自分では欠点としか見えないようなものでも、廃材として見捨てるのではなく、一つ一つ丹念に磨き上げて。他の天体からきた魂の視点で、その肉体に仮の宿りをしている「自分」を見、愛《いと》しみ生かしてあげる道、再生できる場所を探してあげる。生きている主体である自分の奥に、あるいは背後に、もう一つの主体を意識しながら。超自我とか、そういうんじゃなくて、もっと手元に。

　思えば同じようなことを繰り返し繰り返し、ずっと考えてきている。書いてもきている。でもそのたび少しずつ根も広がり、枝葉も増え、堅固になる、気もしている。

4

　数週間ぶりに山小屋に着いたのは、もう昼をとうにすぎ、暗くなり始めていた時刻だったので、鳥のための食事箱を準備することはせずその日を終えた。翌朝、コガラの声で目が覚めた。反射的に寝ぼけ眼で立ち上がり、台所で鳥用ひまわりの種を皿に入れ、テラスへの硝子戸を開け、一歩踏み出したその瞬間、一羽のコガラが近くの木立から飛んできて、私のすぐ手前でホバリングを始めた。まるでディズニー映画の一場面のようだった。嬉しそうなコガラ。食事箱を差し出せばすぐにそこから食べ始めると確信したが、互いに馴《な》れ合ってはいけないというブレーキがかかり、そのままいつものようにテラスの手すりにそれを置いた。ホバリングしていたコガラはすぐに手すりに止まり、挨拶するように私を見上げ、小首を傾《かし》げて見つめた。目が合った。くりくりした可愛らしい瞳。この間、数秒にも満たなかっただろうが、私には時間が止まって感じられた。コガラはこれで礼は尽くしたと思ったのか、すぐに食事箱のひまわりを突《つつ》き始めた。私は室内に戻り、テラスへの硝子戸を閉めた。幸福過ぎてもの悲しかった。幸福に耽溺《たんでき》できない質《たち》なのか、いや貧乏性でちょっとしたことですぐに満足するので、少し幸福の量が多いだけで、簡単に閾値《いきち》をオーヴァーしてしまうのだろう。なぜか多すぎる幸福は、生きものであることの悲しさを呼ぶのである。こんな幸福は長く続かないと犬儒派的に予感してしまうのだろうか。

予感は的中した。その日、来たのはその早朝の一回だけで、あんなに屈託なく入れ替わり立ち替わり来ていたコガラたちが、ぱたっと来なくなった。群れでやってくることも数度あったのだが、いずれのときも近くで騒いでいるだけで、食事箱には近づかなかった。どういうことだろう。次の日もそうだった。その次の日も。ゴジュウカラはやってくるのだが、コガラはほとんど来ない。すぐ隣にあるサラサドウダンの茂みには小群でやってくるのに、どういうわけか食事箱には寄り付かないのだ。たまりかねて、茂みで戯れている(ように見える)一羽一羽を、双眼鏡でじっくりと見た。何も双眼鏡を使うほどもない、数メートル先の出来事なのだ。しかし茂みから出たり入ったり、高速回転のように機敏な彼らの動きの詳細は、拡大しないとわからなかった。その結果、え?　そういうことなの？と驚いた。サラサドウダンは花盛りだった。たまたまうちの敷地のサラサドウダンの花は緑っぽく地味で目立たないが、花の一つ一つは、スズランのそれのように下向きの釣鐘型で、大きさも大体そのように小さい。その小さな花の一つ一つに、瞬間だが、次々と嘴を突っ込んでいるように見えた。吸蜜？　桜や梅などなら蜜を吸う鳥もいるだろうし、実際見たこともあるが、まさかサラサドウダンの花の蜜を吸う鳥がいるとは。しかしコガラの小ささなら、そしてアクロバットのように片足逆さ吊りもやってのける機敏な彼らなら、ハチドリに近い動きも可能なのだろう。そういえばあのときもこのときも、と、過ぎ去った年、サラサドウダンの茂みで騒いでいた彼らの姿を反芻《はんすう》する。あれはそういうことだったのか。

5

十代の思春期の頃に外国へ留学、成人になろうとする時期を異国で過ごし、そのまま成人し、再び日本に帰ってきた人たちの使う日本語（ひいてはそれで表現される彼ら自身の人間性）は、私の知人たちに限り皆やんちゃで悪戯《いたずら》っぽくちょっと斜に構えたところもあり、つまり生き生きした子どもの頃のまんまで止まってしまっている、ように拝察する。日本語を使うときはそうだけれど、不思議なもので、外国語を使うときは立派な大人の風格を示されるのもなんというか神秘的だ。お会いしたことは一度もないけれど、優れたエッセイストと称《たた》えられる池田潔氏も、そういう方だったのではないかと思っている。一九二〇年、十七歳で横浜を出港、アメリカ大陸を横断するという旅程で英国へ留学。古き西洋世界の経験値においては仰ぎ見るような方だということはわかっているが、そういうことが鼻につかず、かといって意識した謙虚さもなく、洒脱《しゃだつ》でありながら文体がみずみずしいのだ。池田氏はパブリックスクールのリース校、ケンブリッジ大学を卒業、昭和の初めに日本に帰国、慶應義塾大学で教鞭《きょうべん》を執る傍ら、エッセイをものした。

戦後の混乱期、疎開先の大磯に住み続けながら、同じような境遇の友人たち四、五人と、まるで学生時代のようにおしゃべりに花を咲かせつつ、汽車で東京の勤務先へ向かう毎日。彼は品川で降りてしまうが、残りのメンバーは東京駅まで乗り続ける。ある日帰りの車中でいっしょになった通勤仲間の一人Aが、何気なく（池田氏が降りた後の）東京駅で起こった「笑い話」について話す。彼らが向かう方向の改札でMP（進駐軍憲兵隊）が外国タバコの抜き打ち検査をしているのに気付き、慌てたBは「いけねえ」と素早く手持ちの外国タバコをAの外套《がいとう》のポケットに押し込んだ。Aは「冗談じゃないよ」と返そうとしたが、

Bはすばやく姿を消す。幸いなことに、Aの数人前で検査は終わる。助かった、と胸を撫で下ろしていると、どこからともなくBが現れ、「ぼくのタバコって、手出しやがる。驚いたねえ、こいつには……」と被害に遭った当人のAは大声で笑うのだが、池田氏は衝撃を受ける。これは立派な裏切りである、と断じ、看過することができない。それが「咄嗟《とっさ》の」本能的な行動であるからこそ。彼は薄ら寒さを覚えるのだ。それから池田氏はBに会っても話しかけることができない。目も合わせられない。Bも変に思って友人を介し何かしたのなら謝るといってくるが池田氏は返事もしない。むしろできない。自分でもどうにもならないくらいBに冷淡になってしまっている、そのことに池田氏自身、深く悩み苦しんでいる。そういうある日、家の近くの狭い路地の暗がりで、和服の男とすれ違う。よく見ればB。しかし向こうはこちらに気づく風でもなく、心ここに在らずといった風情で通り過ぎる。通り過ぎざま、「取って来なくちゃあ、早く取って来なくちゃあ」と独り言をいっているのが聞こえ、ぞっとする。思わず「B、どこへ行くの、どこへ行くの」と声をかけるが見向きもしない。Bが脳血栓で急死したのはその二日後だった。

6

訃報の衝撃をもってしても、あの一件以来のBに対する冷淡は、依然として池田氏のなかから消えなかった。通夜の場に駆けつけはしたが、涙も出ない。ふと、棺の前の供物の一つにラッキーストライクがあるのに気づいた。「あれを忍ばせて、Bの奴、地獄の門を押し通ろうとするのだろう。鉄棒をもった赤鬼がでてきて、『ヘーイ、ユー』と声をかける。あわてるだろうな、Bの奴、だれか近所に知った顔がいないかとまごまごしやがって……」（池田潔著『第三の随筆』より）。そこまで想像すると「途端に、がたぴし音を立てて、ぼくの体の中でなにかが崩れ落ちた。ばかに硬ばってそれまで体の中に突張っていた異様なものが、へなへなと折れ崩れてどろどろ流れだしたのをぼくは感じたのだ。おい、そのタバコ、こっちに渡しな、おれが預ってやる……」（同）。

思いもしなかった（自分自身の）声が、彼のなかで響いたのである。それまでに池田氏が、どれほど自分の「青臭い正義感」に悩んでいたか。人間だれだって欠点はある、お前自身はどうなんだ、等、毎日のように自分にいって聞かせ、明日になったらBに話しかけようと思うのだが、明日になるとどうしてもだめだったのである。Bは敗戦直後、巧みな語学力を生かしてビルマ戦線から「船長を丸めこんで」英国の病院船に乗り込み、ラム酒を飲みながら単独復員した「要領がよくて金勘定がうまくてちょっと気の小さいところもあって、にくめない男」だった。そういう池田氏の普段の印象も、すべてマイナスに働いていたのではないか。敗戦の翌年、中国中部で「腹を空かせながら」ついに帰国叶わず戦病死したご自身の弟の存在もあったかもしれない。友人Aのように「(Bのしたことは)悪意のないいたずら、ほんのはずみ」とは見過ごせなかった。しかし一番苦しかったのは、「だからといってそれを許せない自分の狭量さはどうだ」という点だった。それを悩み抜いていたからこそ、最後の最後でついに湧いてきた「こっちに渡しな、おれが預ってやる」という言葉で、彼自身が救われたのである。

実は私も、池田氏の気持ちが人ごとでなく切実にわかる。学生時代から、友人知人の一人がBさんのような振る舞いをする人間だとわかると、リラックスして相対することができなかった。自分の狭量さを悩みもした。自分の奥底にもそういう部分があるとわかっているからこそ看過できないのだとわかってもいる。そしてあるとき突然、恩寵《おんちょう》のように「寛容と謙虚」が降ってくる……。問題は、この「寛容と謙虚」が、そのままずっと、身の裡《うち》に納まってくれないことである。また同じようなことが繰り返されるときがやってくる。池田氏はこの頃、四十代後半であったはずで、彼もまたそうやって、半返し縫いのような人生を歩まれたのかも、と思う。今生きていらしたら、今回過去のいじめ問題で五輪スタッフを辞任したO氏のことをどう思われるか。彼の人間存在までを否定してしまっては、結局彼がやったことと同じではないか、等々自問自答を繰り返しておられるのではないか。

アマチュアの心

Ⅰ

文字通り今の時代を象徴する大会となった二〇二一年夏のオリンピックも終わり、あとに残った焼け野原のような疫病感染状況のなか、日本列島を二つの台風が通り過ぎていく。なんといったところでこの現実を生きていかなければならない。

生きていくことに必死にならねばならない苛酷《かこく》な時代では、いつのまにかアマチュアという言葉も絶えてしまうのだろうか。アマチュアという言葉には、微《かす》かに「趣味に没頭できるいいご身分」を揶揄するような響きがある。あるいは「まだまだアマチュアの域を脱していない」というように、プロを上に置いた場合の能力の低さを。オリンピック競技にプロフェッショナルの参加が許されなかった頃は、アマチュア精神というものに対してもっと敬意が払われていたように思われる。けれどアマチュアだけのスポーツ大会というものが、ほんとうに世界一を競うことになっているのかという観戦者側の不満があったことは否めないだろう。技のみごとさに酔いしれたい観客は、プロだろうがアマだろうがかまわない。オリンピック憲章からアマチュア規定がなくされてから、ＩＯＣは巷《ちまた》で金儲《もう》け主義を云々《うんぬん》される団体となり、開会式はショービジネス化されていった。いい面もある。こんなスポーツがあったとは、と驚くような新しい種目に出会える。少し前までカーリングがそうだったし、ボルダリングもその名をよく聞くようになってからまだ十年も経ってないように思う。だが日本人なら誰でも知っているようなスポーツ（？）なのに、オリンピックで見たことがないものもある。剣道だ。私はこのことに、森本あんり氏のご著書のあとがき（「真の反知性主義」を考える上でのヒントとして、という文脈のなかで紹介されている例なのだが）で気づかされた。そして初めて剣道がオリンピック種目とならない理由を知り、感銘を受けた。柔道がそうであるように剣道もまた世界選手権が開かれ、国際剣道連盟があるほどの国際的な競技である。しかも日本がほとんど常勝している。オリンピック競技とするべきではないか、という声もある。

「しかし、彼らはそれにはっきりと否と答えている。なぜか。剣道は『勝ち負け』ではないからである。剣道は、人間の内面の美しさを磨き、礼節や品格を重んじる武道である。オリンピック種目とされることで、こうした剣道の本来的な理念が失われてしまってはならないからである」（森本あんり『反知性主義』）

アマチュアとかプロフェッショナルとかで線引きされる以前の話であるが、これは剣道だけにいえることではないのではないか。ほとんどの仕事で「人間の内面の美しさを磨き、礼節や品格を重んじる」ことを「本来的な理念」と心密かに誓うことは、可能なのではないか。それが「日本らしさ」であれば、日本らしくあることは私の憧れである。届かぬものと思えば、尚更。そしてそれは「勝ち負け」で人を種類分けしないという思想でもある。「勝ち組の女性を見ると腹が立った」というのは、小田急線の車内で凶行に及び、逮捕された若い犯人の言葉であった。自分は負け組、と断じた世界から脱出できなかったのだろう。

2

以前上梓《じょうし》した地名の本が新しく文庫になることになったので、いい機会とばかり、読者の方からいただいた情報をあとがきに追加することにした。それは私の不明を正してくださっているものだった。地名の本は素人の好きが高じて蛮勇を奮い、まとめたものだったので、結局由来はわからないという結論になったものも多い。正真正銘のアマチュアなのに、本なんか出していいのか、と思うが、主眼は地名の由来そのものではなく、その土地にまつわる諸々が醸し出す空気なので、よしとしてもらった（出版社に）。厚かましいことだが本を読んだ方々からその由来を教えていただくと、達成感も得られないまま悶々《もんもん》としていた「知りたい欲」が解消されて、嬉しくてならない。

今回指摘を受けたのは「子ノ口《ねのくち》」。青森県の奥入瀬《おいらせ》渓流の始点、十和田湖畔にある地名である。この不思議な地名が気になって取り上げたものの、例によってよくわからない。頼みの『角川日本地名大辞典』にも記載がない。昔十和田湖は魚も棲まぬほど透明度が高く澄み切っていて、その俗世から離れた空気が根の国の入り口のように思われたのかなどと推測したりしていた。いただいたお手紙は、大正時代の現地のガイドブックに言及されていた。現在奥入瀬川にある銚子《ちょうし》大滝が、当時は銚子の口滝と呼ばれていたらしいこと、故にその一帯は昔銚子の口と呼ばれ、それが縮まり子ノ口になったのではないか、と記してあった。目から鱗《うろこ》だった。銚子大滝の銚子、というのは、十和田湖を大きな「お銚子」（徳利）と見なしたとき、銚子大滝辺りが注ぎ口になることから付けられた、ということは知っていたが、その伝でいっても「銚子の口」はいかにもありそうだった。そしてそこから銚の字が抜け、子ノ口になった……。なるほどとしかいいようがない。パズルの欠けていたピースがパチッと嵌《はま》ったような爽快感だ。

お手紙の主は、NPO法人 奥入瀬自然観光資源研究会の河井大輔さんだ。そのなかではご自分の経歴について何も言及していらっしゃらなかったが、私はお名前に見覚えがあった。北海道の自然にフォーカスし、一九八九年から九〇年代にかけて六冊を発刊したアウトドア誌『RISE』を初代編集長とともに（そのときお二人とも出版事業は初めて、つまり素人だったという）創刊し、そこから離れたのちもライターとしてしばしば同誌に寄稿されていた方だった。

私はかつて、北海道のことを『RISE』でずいぶん学んだ。河川のこと、草木や動物のこと、環境のこと……。誌面には知りたいと思うことに没入していく無鉄砲な情熱というべきものがあって、売れることは度外視といわないまでも、少なくとも一番の関心事でないことは明白だった。こういう雑誌にありがちなボーイズクラブ的な排他性もなく、ただただ素朴な「知りたい！」「調べた！」「面白いね！」が横溢《おういつ》していた。編集のプロからいわせれば盛り込み過ぎで「なってない」ものだったかもしれないが、プロに欠落している何かがあった。それはアマチュアリズムの本質に通じるものだったと思う。

3

疫病や豪雨、今年の夏は非常事態が続き、庭に来る蝶《ちょう》の姿すら少ない気がする。昆虫の数が激減しているのは全世界的に確かだから、気のせいではないだろう。蝶好きの人びとはこの長雨の日々をどう過ごしているのか。

もう十年ほどの前の夏になろうか、近所の公園を散歩しているときに前方から大きな口径(?)、長い柄の捕虫網を一心不乱、吹き流しのように閃《ひらめ》かせ、走ってくる若い男性を見かけた。周囲がまったく目に入っていない、「没入している」表情。何か非常に心に訴えてくるものがあった。走り去るそのひとの後ろ姿を、振り返ってしみじみと見送った。夏休みの宿題という年頃でもなさそうだし、プロの虫屋、という雰囲気でもなかった、第一あんなところにどんな珍しい虫がいるというのか。あれはなんだったのだろう、と時折(年に一、二回ほど)思い出した。「不思議」を紐解きたいという生来の欲求がずっと疼《うず》いていたのである。数年後、ある大学の研究室を訪ねた折、居合わせた大学院生たちのなかに虫好きの方があり、私はマニアックなひとの話を聞くのが好きなので、ほう、ほう、と耳を傾けているうち(三浦半島は蝶の穴場なのだ、山から海までが最短距離で、風の流れが云々、とか)、場は次第にその方の独壇場となり、彼が都内の公園をもれなくチェックしていという件に至って、私のなかで数年前の「不思議」が突如蘇った。背格好、顔立ち、この熱狂。この人だ！「○○さん、○年の○月に○○公園を、大きな虫取り網持って走っていたでしょう」「ええー、なんでそれ知ってるんですか？」「……天網恢々《てんもうかいかい》、疎にして漏らさず」「ええー」

彼は心底恐懼《きょうく》の表情だった。だが驚いたのはこちらである。そこは文学系の研究室で、まさかそんなところに「謎」の人物が潜んでいようとは思いもかけないことだった。ことほど左様に、恐るべきアマチュアは市井《しせい》に存在する。

マニアックなアマチュアの本場、英国は、北方に位置するので、南方に見られるような色鮮やかな蝶はあまりいない。せいぜいがクジャクチョウかイリスコムラサキくらいである。英国の蝶好きはむしろ、茶色くて小さい地味な蝶（brown job）に夢中になりがちだ。いずれにしろ蝶の跡を追いかけ回すのは夏場の活動で、蝶の飛ばない冬は彼らを軽い鬱《うつ》状態にする。蝶の冬越しの姿は様々で、幼虫のまま、サナギのまま、成虫のまま、もちろん固くて小さい卵のままで寒さを凌《しの》ぐものもいる。蝶好きたちのなかのあるグループは、凍《い》てつく英国の冬の最中、ひたすら野外を彷徨《さまよ》う。冬越しの卵の数を数え、その地域のその種類の頭数の目安とし、保護活動に役立てるためだ。見つかりにくい葉の裏に産み付けられたミリ単位の大きさの卵だが、見つけると聖杯を発見したように興奮するという。不審者と間違われようが、警察に通報されようが、風邪をひいて本業に差し障りが出ようが、彼らの情熱が消えることはない。ほとんど取り憑かれているようなものだ。

だが何にも取り憑かれることなくいつも客観性を保ち、一生「部外者」でいる人生も、それはそれで、寂しかろうと思う。

第三章

二〇二一年九月——十二月

長い間、気づかずにいたこと

Ⅰ

今夏初めてツヅレサセコオロギの鳴き声を聞いた。しばらく続いた長雨が、久しぶりで小休止した日の夜だった。いつまでも永久に続くような気になっていた暑さとか寒さが、ふとした変化であぁ変わるんだと悟らされるときがある。

毎年八月に入ると、新聞やテレビで戦争の特集が組まれ始める。電話で友人と話しているうちに話題がそういう方面に移り、京都が空襲に遭っていたということを聞いた。私はずいぶん長い間京都に暮らしていたのに、そして身近に京都出身者も多数いるのに、そのことを知らなかった。驚いて他の京都生まれ京都育ちの友人たちにも聞いてみたが、皆生まれたのが戦後ということもあってか、ほとんど知らなかったようだ。「そういえばちらっと、京都にも少しは空襲があったのだと聞いたような気がする」という程度。生前親しくしていた、今生きていれば百歳近い知人たちからも、かつてそういうことを聞いた覚えがなかった。禁忌、ということまではなかったにしても、戦時中箝口令《かんこう》が布《し》かれていて、なんとなくその勢いで語ることが憚《はばか》られたままだったのかもしれないし、「京都は町全体が博物館のように文化的価値が高かったので、さすがのアメリカも手出しができなかった」という通説が心地よく、京都人のプライドをくすぐったので、敢《あ》えて語る必要もないと判断されてきたのかもしれない。

雑誌『母の友』に、そのことに本格的に向き合った記事があった。二〇〇二年八月号「ひとりひとり考える『平和』」という特集。今から十九年前、空襲体験者がまだ多くいらした頃で、清水寺南側の馬町周辺で、また西陣で、当事者たちの幼かった「そのとき」が語られている。爆撃を受けた地域の周囲には縄張りがされ、憲兵が見張りに立ち、一般人の立ち入りは禁止されたとのこと。馬町では死者三十五名、重軽傷者五十四名、全体の被災者は七百二十九名。西陣の被害は市内では一番大きく、死者は五十名にのぼったとある。一人一人の命の重さや生活が奪われたことは比較のしようがない種類のことだが、他の大空襲を受けた都市に較べれば規模は小さいのかもしれない。地元京都新聞では「被害は軽微、―略― 却《かえ》って士気大いに昂《あが》るものがあった」。国が全体主義的になると、メディアはどこも判で押したように意気軒昂《けんこう》だ。京都市内では他に太秦《うずまさ》なども被害に遭ったが、府下で最も被害を受けたのは海軍鎮守府がおかれ、海軍工廠《こうしょう》が設けられた舞鶴市だ。落ちた爆弾は一発だったが、それは長崎に落とされた原子爆弾「ファットマン」と同じ形状、同じ投下方法、原子爆弾投下の予行演習として行われたものだった……。京都市が原爆投下の候補地に挙げられていたのは知っていたが、京都市内の空襲も原爆の下見のようなもので、本格的な大空襲を受けなかったのは、原爆の威力を正確に測るためだったのだとは……。そして、結局京都が原爆を免れたのは、「日本が略奪、破損した中国などの文化財を、それに匹敵する等価の文化財で日本に弁償させる」目的ということが大きいと考えられ、有名なウォーナー・リスト（戦時中に作られた日本文化財のリスト）はその参考のために作られたのだという。

2

例えば冬場は一日中太陽の見えない、暗く凍てつくアイスランドの漁港で、一人の日本人男性が何十年も、老いるまで働いていたこと。その噂を現地でふと耳にしたとき、一瞬胸が締め付けられるような思いがした。そのひとのそれまでの人生、望郷の念やそれを断念するほどの過去への思いなどを勝手に想像したのだろう。

歴史学者の倉沢愛子さんが、インドネシアの文書館で、ある事務的な書簡を見つけたときもそうだったのだろうか。それは日本の敗戦間もない一九四七年、東京のGHQ内に開設されていたオランダ軍事使節団の役人から、当時オランダが統治を復活させていたインドネシアに住む、白系ロシア人ニコライ・グラーヴェへ宛てた手紙であり、日本へ嫁《か》してきた彼の娘二人がインドネシアへ帰国したがっている、という内容だった。それに対しての返書もあった。だがそれはニコライ自身の手になるものではなく、現地の役人からのもので、ニコライと、彼の妻で娘たちの母親である日本人ヒデは、戦中日本軍に協力した罪で現在投獄されている、そういう両親の娘たちを帰国させるのは賛成しかねる、というものだった。それは歴史的・政治的に重要な発見というのではないが、倉沢さんは「歴史を構成する一人一人の人間の運命が刻まれ」ていると、このヒデなる人物、彼女の家族に非常な興味を覚える。そして明治時代、北海道で女学生だったヒデが、亡命ロシア人貴族のニコライに求婚され、日本を離れ、長い年月をインドネシアで開墾や子育てに奮闘しながら過ごしていた事実、そして世界中に散らばったその子どもたちの足どりなどを追っていくのだ。その詳細なまとめが『南島に輝く女王　三輪ヒデ』であり、一読後、ため息をついた。そんな日本人女性がいたとは知らなかった。歴史とは本来、なんとふくよかで、個々のドラマに溢れているものなのか。そして思い出したのが『大航海時代の日本人奴隷』（ルシオ・デ・ソウザ／岡美穂子）だ。

奴隷貿易が当然のように行われていた大航海時代、奴隷のなかにはアフリカ人のみならずアジア人奴隷も数多く存在し、そのなかには日本人奴隷たちも含まれていた。そのことを各地に残る記録から読み解いていく。日本には奴隷を調達するルートがあった時代があり、長崎の奴隷市場から世界の各地に人知れず売られ、そこで一生を終えた人びとが少なからず存在していたという事実。なかには牛馬より酷《ひど》い拷問を受けていた日本人女性の記録もあり、愕然《がくぜん》とする。それとは逆に主人から養子同然の厚遇を受け、市民として活躍していた例も。運命という言葉で表すにはあまりにも「あり得ない（だがあり得るのだ）」波瀾《はらん》万丈。その一例一例の、当事者たちの思いたるや。鎖国という言葉は、日本のある時期の制度上のごく一面をあらわす言葉で、日本自体は今も昔もグローバルな存在なのだ。日本にだけ住んでいるとそのことになかなか気づかない。有色人種であるということ、差別される側であるということ、それを引き受けてどう生きるか、ということ。

教科書だけ暗記して、日本史世界史をマスターした気になるのは大間違いなのだった。

3

近所の保護樹林のフェンスで、夕暮れどきレース細工のような花を咲かせていた烏瓜《からすうり》も、気がつけばその多くが小さなスイカのような実に置き換わっていた。もうすぐ朱色に変わるだろう。私の家はそこから数分歩いたところ。

昔はよく、庭箒《にわぼうき》を持って家の前をのんびりと掃いている大人がいた。けれど私は大人になってもなかなかそういう習慣が持てないでいる。家の前にゴミが落ちているのに気づいたら、ゴミ拾いトングで挟んで庭のゴミ箱に入れるくらい。数年前まで向かいに住んでいらした年配のご婦人は、しょっちゅう箒でご自分の家の門の前を掃いていた。当時何かと忙しく、ばたばたと出入りしていたのでゆっくりお話ししたことはなかったが、にこやかな笑顔が今でも鮮やかに蘇る。大きな松の木がある家だった。ご主人が亡くなり、やがてその方も引っ越していかれた。松の木をはじめ様々な草木に彩られていたその庭も潰され、コンクリートで固められた敷地の上に小さな家が三軒建った。その頃から家の前の道がひどく汚れることがあった。ゴミ収集車が取りこぼすのか、散らかっているのはそんな家庭ゴミだった。トングでは追いつかないのでさすがに箒とちりとりを使った。時の流れってこういうものなのか、と、悲しく思った。新しい住人たちも、以前の私と同じく家の前を掃く習慣を持たないようだった。一年くらい経っただろうか。あるとき、ふと、雷鳴が轟《とどろ》いたかのように私は悟った。これは、最近急に汚れるようになったのではない。私が知らなかっただけで、以前からゴミ収集時にうっかり取りこぼされるゴミがあったのだ。それを、あの、引っ越していかれたご婦人が、自分の家の前だけではなく私の家の前まで掃いてくださっていたのだ——考えてみれば私の祖母も、そして私自身も小さな頃はお手伝いでやっていたことだった。自分の家の領域より広めに掃く、ちょっとしたお節介。なんで今まで気づかなかったのだろう。自分のうかつさ加減を呪いたい。お礼を言い損ねてしまった……。

突然稲光《いなびかり》が差すように気づくということがある。前後になんの脈絡もなく。ここ数年、半世紀ほど前の思春期の頃の思い出に、あっと声をあげたいほど「新しい見解」を見出し、呆然《ぼうぜん》とすることが何回かあった。「自分はこういうつもりでやっていたんだけれど、周りは私がまったく別の動機でやっていると思っていたんだな、周りの反応が不思議だったが、そう考えれば当然だった……」というような類いのこと。五十年ずっとそればかり考え続けてきたというわけでは決してない。むしろ五十年間ほとんど思い出しもしなかったのに、ピンポイントで思い出の修正案が、突如として、降りてくるのだ。これは一体どういう老化現象なのだろう。当時の自分の思慮の足りなさや未熟さに、これほどの時が経っても頭を抱える。誰かがもうそろそろこいつも真実に耐えられるようになったようだから、と教えてくれているようにすら思える。厚顔になったということだろうか。繊細な烏瓜の花が、やがては枯れかけた藪《やぶ》のなかの、乾いて硬くなった朱色の実となり寒風に揺れても平気なように。いやはや。

自然界では一つとして同じ存在はないということ

I

彼岸花は、突然現れる。意表を突く、それが彼岸花の特性である。

この花の持つ独特の妖しげな雰囲気は、炎のような色形もさることながら、葉がない、ということの印象から来ているものも大きいだろう。地面から茎と花だけが唐突に現れる様子は、どこか緊迫感を漂わせている。これでたとえば（ちょっと花の形が似ている）ハマユウのようなゆったりした葉がついていたら、これほどまでなにかの「境界」にふさわしい花にはならなかっただろう。畦道《あぜみち》の、林縁の、彼岸と此岸《しがん》の、季節の変わり目の、境界。

今朝は初秋らしい朝だった。この間までは暑さがベースにあって、時折熱のない風が吹くことで涼しさを感じていたのだが、今朝はその「ベースの暑さ」がなかった。公園近くの藪は、町のお花畑。今朝は彼岸花が押しも押されもせぬ主役だが、脇役たちもうつくしい。

通称アカマンマと呼ばれるイヌタデの桃色、秋まで持ち越したツユクサの青。赤い点々はミズヒキの花、ヤブランの紫。ヤブランとツルボは、似たような花姿で同じ紫の濃淡、品のある貝紫とほとんどピンクに近い赤紫。このあたりの公園でよく見る、林床で群れ咲くヤブミョウガ。他の地域でこんな光景は（管見の限り）見たことがないから、ヤブミョウガは武蔵野の風土に合った草なのかもしれない。その白い花も、今や濃藍《こあい》の実に変わりつつある、一つ一つ違う変化の妙。

公園の池の、杭《くい》の上では、カワウが威嚇《いかく》するように羽を広げたままじっとして動かない。これは彼らのお得意のポーズで、小さなプテラノドンのようだといつも思う。湿った羽を朝の陽ざしで虫干ししているのだ。その太い蛇のような首は、獲物の魚を丸ごと一時預かりするのに便利にできている。

鵜飼《うかい》は古事記や日本書紀にも見られる古代から続く漁法だが、あの太い首を利用しようと思った最初の人間がいたはずだ。長い喉は胃までの距離も遠く、消化液に侵される前の状態で保存がきくと考えたのだ、きっと。自分の喉が筒のようになって、今呑《の》んだ魚がそこで動いているというのはどんな感じだろう。鵜飼に使役されるウはウミウだそうだが、彼らの喉の粘膜は、やはり普通の鳥のそれよりタフにできているのだろうか。獲物が思いのほか大きかったり、セビレムナビレが刺々《とげとげ》しかったりしたら、思わず眼に涙が浮かんだりするだろうか。残酷な漁法に思えるが、鵜匠とウの間には、他人には窺《うかが》い知れない親密な関係があるようだ。

次に述べるのは、小川亥三郎著『南日本の地名』で聞き書きされていた話だ。明治の頃、南九州の川内川《せんだい》に見慣れぬ鵜匠たちがやってきて鵜飼を始めた。その豊漁ぶりを妬んだ地元の漁師が、釣り針をつけた釣り糸を石に括り付けた仕掛けをいくつも作り、川底に投げ込んだ。釣り針には魚をかけておいた。何も知らない鵜匠はいつものように漁を始めたが、水中で魚を呑み込んだウたちは喉に釣り針を引っ掛け、いつまで経っても上がってこない。皆溺れ死んだのだ。事情を知った鵜匠たちは、河岸に立ち尽くし号泣した。ウにもそれぞれ個性があり、名前もあったことだろう。

2

久しぶりの八ヶ岳は、本格的に秋を迎えていた。

山庭と呼んでいる敷地内では、ハナイグチ（ジコボウ、ラクヨウとも呼ばれる美味しいキノコ）等が生え出し、ミズナラの実も落ち始めている。主にカラマツ・ダケカンバ林だ。ふと足元のカラマツの落ち葉溜まりに、小さな丸パンのようなものが、うずくまっているのを発見。一瞬大きなホコリタケか、ノウタケの幼菌かと思う。ノウタケなら成長した株しか見たことがなかったので、いよいよ食べられるノウタケに出会ったのかと胸が躍る。辺りには最初に見つけたのよりも小さめの同じものが二つあり（後で測ると、大きいものから順に、直径六センチ、四センチ、三センチ）、まず一つ、そっと根元を掘り、掌《てのひら》に収めて意外な感覚にたじろぐ。柔らかいのだ。まるでカメの卵のようにブヨブヨとして、落としたらグシャッと破れそうだ。三つを恐々《こわごわ》小屋のなかに持ち帰る。はじめに真っ二つに切って断面を観察、その瞬間の驚き。まるで職人が丁寧に手順を踏んで作った上等の和菓子のよう。外側をくるりと囲んだ薯蕷饅頭《じょうよまんじゅう》の薄皮のような表皮。その下を栗餡《あん》かほうじ茶のゼリーのようなゼラチン質のものが、艶のある光を湛《たた》えて、真ん中の栗型の核心部分を包んでいる。その核心部分との境にはまた薄皮の白い線が蟹味噌《かにみそ》のような色合いのものをぐるりと囲み、さらにまた「核心」の真ん中に、白い網状のものが圧縮され、白アスパラガスの縦断面のような中心部を取り囲んでいる……。と書いても、きっと想像しにくいと思うのだが、キノコの断面では今までに見たことがない複雑な御面相だった。なんといっても、ゼラチン質の照り具合のやんごとなさ。インターネットで画像検索すると、キヌガサタケかスッポンタケである可能性が高かった。キノコの女王といわれる優美なレースのガウンを纏ったキヌガサタケと、滑稽《こっけい》さを散々揶揄されるスッポンタケとでは、受ける印象は天と地ほども違う。スッポンタケのネーミングの気の毒さはヘクソカズラを超えていた。いろんな条件（スッポンタケならもっと群生している可能性が高い、キヌガサタケは竹林のみならずカラマツ林にも現れる、等々）と、圧縮したレースのようなものの存在から、これはキヌガサタケだろうと推測する。だとしたら返す返すも成長した瞬間を見たかった。が、もうすべてが遅すぎた。どちらのキノコにしても食べられるので、スープにして食した。最初は硬めの豆のようで、次にトロッとした感覚があり、思いもかけない酸味がやってきたと思えば、一気に固く茹でた芽キャベツみたいな歯触り、最後はグミがどろっと溶けたようなものが口中に広がり、粘つくかな、と思った瞬間には全てが消えていた。これまで経験したことのない複雑な食感だった。臭いは最初からなかった。この二つのキノコを、近縁のものとして考えたことはなかった。幻想的で神秘的なキヌガサタケを見てみたいと憧れることはあったが、スッポンタケのことは考えたことすらなかった。出自はほとんど同じといっていいものが、白いマントのあるなしでこれほど違う扱いをされるとは。だが彼らはなんとも思っていないだろう。

3

八ヶ岳の山小屋に着いた翌朝、山庭散歩をしていると小屋の敷地が緑道に接している辺りに、何かが壊れたあとの残骸らしい、大小に砕けた赤いプラスチック片が一塊《かたまり》、捨て置かれているのを発見。工事関係か、車両関連の何かであったのだろうと思われた。敷地に塀などないので入るのも物を投げ捨てるのも心理的に容易なのだろう。あらあら、と思ったが、その近くに傘の開き切っていない、若いハナイグチが点在していたので、目印としてそのプラスチック片の一つを置いた。もう少し大きくなってから採ろうという魂胆である。

このプラスチック片は、案外活用できるかもしれなかった。小屋の山庭は緩やかに傾斜する敷地で小さな窪地《くぼち》や切り株が無数にあり、また木々も皆似たような間隔をとって生えているので、珍しいキノコや高山植物を見つけても、一旦そこを離れると後からはなかなか再び同じ場所に辿《たど》り着きにくいのだ。キヌガサタケを見つけた辺りにも一つ置く。シロタマゴテングタケを見つけた辺りやミソサザイの巣があると思われるところにも。本に付《ふ》箋《せん》を付けるように、そこからまた深く読み取ることができるように、自然界に赤い付箋を付けていく。このアイディアは私を少し、幸福にした。翌朝早速前日のハナイグチの成長具合を見にうきうきと庭へ出た。捕まえたヘンゼルの腕の成長具合を確かめながら食べ頃を測る魔女のようである。だが、なんということか、プラスチックの破片の鋭角部分が矢印になるよう指し示していたはずの場所にはすでに何もなかった。よく見ると掘り上げた跡がある。ここは道路に接している場所なので、私と同じ嗜好を持った散歩者か、あるいは最初からそれを目的にこの辺りを巡回している人間の仕業か。獲物に逃げられた魔女の恨みは深い。以前暗くなってから到着したとき、車を降りたその足元、ああ、ここに生えていると心に留めた場所を翌日見たら何もなかったということがあった。そのときは自分の記憶を疑ったりしたが、今回のこれではっきりした。私には赤いプラスチック片という強い味方があった。そして「恨みは深い」と書いたものの、一方では「やった、キノコだ！」と採っていった人の気持ちもわかるし、何よりも赤いプラスチック片が、「あなたの記憶違いではありません、私が証拠」と認知機能のまだ確かなことを頼もしく力付けてくれている気もして、なんとなく愉快でもある。今度から赤いプラスチック片に、「これは採らないで下さいね」とマジックペンで書こうかと思ったが、それも心が狭い気がしてやめた。だが引き抜くのはやめてほしかった。エストニアで茸《きのこ》採りをしていたMさんは、茸用のナイフを携帯していた。根元で切って菌糸を森に残しておくためだ。土壌に張り巡らされているとはいえ、菌糸ごと引き抜かれると、そのネットワークがズタズタに切断される。つまり次世代のキノコの生育に関わってくる。そのことを、どう伝えるべきか。翌々朝は、早朝から霧が立ち込めていた。カーテンを開けると、庭の地面近く、モゾモゾと動く影が見えた。一人や二人ではない。窓を開けると音に驚いたらしく、一斉に立ち去った。シカの群れだった。

4

私の持っているキノコ用ナイフは、スウェーデンの田舎のスーパーで買ったものだ。柄は安っぽいプラスチックで、肥後守《ひごのかみ》の先端を少し広めにしたような刃がついており、反対側の端には申し訳程度のブラシ（硬い）がついていて、これでキノコについている埃《ほこり》や塵《ちり》などを落とす。もっとも、キノコを採りに庭に出るときにはキッチンバサミを持って根元から切る。ナイフ部分は、キノコの皴《しわ》に挟まった泥などを掻《か》き出すときに使っている。きっとしかるべき専門店には、ローズウッドかマホガニーの柄に、アナグマの毛のブラシがついたような高級品が（見たことはないが）売られているのだろうけれど、乱暴に扱われることが想定内に入っている実用品が欲しかったので、これで不便は感じていない。

そのスーパーは、ノルウェーとの国境沿いの山の中にあるオーベルジュへ行く途中、いよいよこれから車一台通るのがやっとのクネクネとした山道を登っていこうという基点（？）の町の、必要品を買うならここが最後のチャンスという、地元の小さな「何でも屋」風の店だった。たった一つのレジ台には、ショートヘアをパンク風に逆立てた若い娘さんが座っていて、真面目な顔でレジを打っていた。見れば耳はもちろん、鼻にも唇にも一つならずピアスをしていて、一言でいうと見るからに「恐ろしげ」なのだが、そのレジ打ちに没頭している姿勢がなんともいえずうつくしいと感じた。それで、キノコ用ナイフの精算が終わったあと、しばらく躊躇ったのだが思い切って、写真を撮らせてもらっていいか訊いてみた。すると（まったく意外だったことに）まるで花が咲いたようなはにかんだ笑顔でうなずいてくれたのだった。私は彼女の真摯《しんし》なレジ打ちの横顔が撮りたかったのだけれど、もう、そんなことはどうでもよくなって、恐ろしげな彼女の愛らしい笑顔の写真を何枚か、撮らせてもらった。

私のキノコ用ナイフは、観光地でもなんでもない、今では名前も思い出せない小さな町のスーパーの出身だが、そういうわけで、今八ヶ岳にいて、ハナイグチの塵払いに専念させられている。

私が世の中でもっとも好きな作業の一つが、こういうキノコの下拵《したごしら》えである。山歩きの好きな友人が、時折キノコをそれこそ山ほど送ってくださることがあり、そうなると数日はこの下拵えに没頭できる。行ったことのない山の奥の香りをいっぱい放つそれぞれのキノコには、土地の情報が満載だ。シラカンバの幹に生えるキノコにコナラの葉っぱがついていたり、コケやシダが混じっていたりすると、まるで眼前に辺りの空気や植生が広がってくるようだ。落としながら漂ってくる腐葉土の香りも、一律ではない。塵に木質が多いなら近くに砕けつつある倒木があるのかもしれないし、細かいひげ根が多いなら、手入れの行き届いた山林なのだな、と推測する。木洩《こも》れ陽の当たり具合まで感じ取ることがある。そして結果的にこのキノコ（ムキタケであったりホンシメジであったりマスタケであったり——それぞれ場所と宿り主を選《え》り好みする）に集約される、種々の条件……居ながらにして五感は旅をしている。こんな面白い作業をどうして人任せにできようか。

5

夜半に小屋の屋根を突き破るような激しい雨音で目を覚まし、鳥やシカたちはこんなときどこでどうしているのだろうと思いつつ、いろいろな場面を思い描いているうちにまた眠ってしまった。

十年ほど前の話だが、東京の家の居間にいたとき、ふと視線を感じて窓の外を見ると、血走った目をしたキジバトの夫婦（キジバトの目は赤い）が、百日紅《サルスベリ》の枝から、こちらを値踏みするように睨《にら》んでいた。私が立ち上がったり動いたりしても太々《ふてぶて》しく微動だにしない。あまりに長い間こちらを見ているので、如何《いか》な鳥好きの私といえどもさすがに気味が悪く、思わずカーテンを閉めた。軽い敗北感を覚えつつ、けれど何だったんだろう、と不思議に思っていると、その日の夕方からキジバト夫妻は巣作りを始めた。庭をよちよちと歩きながら、落ちている小枝を咥《くわ》えては、バタバタと数メートル飛び、カエデの枝の間にかけ始めたのだ。思うにあのときこちらを凝視していたのは、こいつの近くに巣を作っても安全かどうか、見定めていたのだろう。優しそうかどうかなどが基準なのではない。強いのか弱いのか、つまり獲《と》って食う気概のあるような凄い相手か、それとも無視していい弱々しいやつか。その結果、自分たちの方が数においても生命力においても相手（私）を凌駕《りょうが》している、恐るるに足らずと判断し、安心して巣作りを始めたのだろう。

数日も経ぬうちに、キジバトの巣というのはそれまで私が知っていた鳥の巣の中では最も雑なつくりの一つだとわかった。まだ枝が十分に集まらないうちからもう、一羽が巣の真ん中に座り込み、別の一羽が運んできた枝を腹部の下に入れ込むなどして、形を整えている、と見るまにどうやら卵を産んだようで、下から見ると透け透けの巣の底から、卵らしい白いものが二つほど見えた。巣作りはそのまま継続中だ。呆《あき》れるやら感心するやら。近年都市部でキジバトの異常繁殖が囁《ささや》かれていたのには、こういう安直な生産方式があったのだと合点した。彼らが最もてまひまかけ、力を注いだのは、結局場所の選定で私を査定した、あの長い時間だけではなかったか。私は都会のキジバトのことを、生理的に好きになれず、あまり応援もしなかった。もし自分の家の庭で他の野鳥が巣を作ったら、大喜びでそれとなく環境を整えたに違いないのに。そして好きになれないことが少し、後ろめたかった。自分があの鳥は可愛いから好き、きれいだから好き、というミーハー的な尺度で鳥の観察をしているのだと思いたくなかったのだろう。

梅雨に入った頃で、まもなく雨が降り始め、一日経っても二日、三日経っても降り止まなかった。あちこちの川で洪水警報が出た。キジバトの妻はずっと、卵を抱いていた。さすがに「巣作り」は終わったようだったが、屋根もなく、雨に打たれ続ければ体温も奪われるだろう。二階のベランダから濃い灰色の布の塊のような濡れそぼった妻の背が見えた。頭部は羽の中に突っ込んでいるのだろう。何とか傘を差し掛けられないだろうかと思ったが、その背にはそんな同情など寄せ付けないような、何か「運命の厳粛さ」のようなものがあった。キジバトは、強い。敵《かな》わない。

6

明け方は曇っていた。夜更けあれほどの豪雨であれば、一夜明けると「驚くほどの快晴」か、「依然降り止まぬ雨」のどちらかだろうと漠然と思っていたのだが、そのどちらでもなかった。九時頃から再び雨が降り始めた。霧のような雨だった。風はもう、さほどないのに、林のなかのわずかな大気の動きで、小さなオーロラのように霧雨が翻った。ヒマワリの実が濡れるのを恐れ、鳥の食事箱を軒下のテーブルの上に移した。雨をおして、果敢にやってくるゴジュウカラやコガラたち。

十一時半頃、林の奥からゆっくりと陽が差してきた。奥のシラカンバ等の葉の、薄い黄緑や枯れかけた薄茶の色合いから、手前のウラジロモミの濃い緑まで、グラデーションを作りながら、緑陰になっている部分の葉の表面を白く輝かせ、スポットライトが動いてくる。たぶん頭上高く、雲の重なりに動きがあって、さらにまたその上から差してくる陽の光の加減が、地上の林に映っているのだろう。

昨夜、豪雨の音に目を覚ました後、二度寝したときに見た夢のことを考えている。

英国の大学寮のコモンルームのようなところで、聖母マリア像のような端正な顔立ちの友人と向かい合っている。四十年ほど前に英国でよく会っていた、友人のMだ。Mはコーヒーカップの内部を見つめている。私が飲んだコーヒーの跡だ。コーヒー占いをしているのだ。実際のMがコーヒー占いをしていたかどうか私は知らない。やってもらったこともない。けれど、彼女はスコットランドの出身で、ケルト人を自称し、神秘的なことが好きな女性だったし、夢でそういうことをやっていても不自然ではない。夢のなかのMは私の方を見ない。意識的に表情を変えないようにしているのがわかる。ああ、よほど不吉な卦《け》が出たのだな、と直感する。

小屋のなかが明らんで、私は次第に目を覚まし、もう雨は止んでいるのだと思い、夢はそこで終わった。だから最後まで、その占いの結果はわからないし、Mは私の方を見ないのだ。

どんな悪い卦が出たにしても、今の自分なら受け止められるし、そんなに気を遣わなくてもいいんだと、私はそのときMにいいたかった。それをどう伝えるべきか、凍りついた無表情の彼女に何と声をかけるべきか、気を揉《も》んでいるうちに、目が覚めてしまったのだ。食事の支度をしながら、あれとても似た状況がどこかであったはず、と考えていた。そうだ、病院で検査結果を知らせてもらうときだ。私の主治医はそういうときとてもドライで、検査結果が良かろうが悪かろうが感情を交えずに淡々と話すタイプなので、表情だけではそれがどれほど深刻なものなのか、それとも喜ぶべき状況なのか一瞬わからない。利点の一つはこちらも無意識に気遣わずにすむということか。

雲間から青空が見えてきた。ベランダにも光が届いた。本当に陽の光は偉大だ。気分が一新する。鳥の食事箱を手すりの上に戻し、新しいヒマワリの種を追加しよう。

森の道　人の道

I

犬を飼っていた頃、初対面の犬を直視してはいけない、群れの動物である犬は、自分を見つめてくるものは喧嘩を売っていると見なすから視線を合わさないように、と教わったことがあり、それが心に残っていた。ガンを飛ばす、飛ばした、というのはずいぶん原始的な反応パターンに依拠しているのかもしれない。しかし目を合わせてこない相手というのは少なくとも（群れの動物である人間の一員であるところの）私は苦手だし、個体によってもずいぶん感じ方が違うのではないかと、いろいろな犬に会った経験からも考えるようになってきた。野生動物、特にカモシカなどにしても、見つめられているからといって、即臨戦態勢に入っているかというと、やはりそうじゃないのではないかと思う。カモシカは単独行動が多く、子育て中以外は群れの動物とは言い難いが、では、明らかに群れの動物であるシカはどうなのだろう。実は昨日、シカと目が合った。それも長い間。

八ヶ岳はもうすっかり秋の装いに余念がなく、カラマツは黄葉から紅葉へと日々刻々と変わりつつあった。夕方、散歩に出たときのことだ。散歩は車の入らない小道を選ぶことが多いのだが、たまたま昨日は車通りのある道を歩いていた。その辺りは随分前方まで見渡せる場所で、その先に何か生物が佇んでいるのがわかる。人にしては背が低い。クマよりはスマート。シカだろうな、と思いつつ手持ちの双眼鏡で焦点を合わせるとやはりシカ。けれど、そのツノの大きなことといったら。体とアンバランスなほど、丈の長い、堂々としたツノなのだ。シカはしょっちゅう見るけれど、こんな大きなツノを持った個体は見たことがなかった。ちょっと困ったな、と思ったが、今更後戻りはできない（ここで引き返して、変な成功体験を植え付け、これから先、人間に向かっていくようになれば、やがて駆除される運命が彼を待っている）。そのまま歩を進める。向こうも微動だにせず、まっすぐこちらを見つめている。間合いが縮まっていく。ツノは大きいけれど若いシカだ。好奇心もあるのだろう。ちょっと怖いけど、このままどこまでいけるか、という度胸試しのような気分と、こちらの実力（？）を測る感じがあるのだろう。私の方も、相手にツノさえなければ仲良くなれるかな、けれど奈良のシカみたいになられても困るな、これだけ見つめてくるということは、喧嘩を売られているのかな……ぐるぐるいろんな考えが脳裏《のうり》をよぎる。結局私は手に持っていた長傘を（出かけるとき少し雲行きが怪しかった）使うことにした。すぐさま開けるように傘のボタンを外すと、突如（のつもり）シカに向かって駆け出し、直前で、傘をバッと開き、閉じ、開きを繰り返した。さあ、どうだ。恐れ慄《おのの》いたシカが退散すると思いきや、彼はまったく変わらぬ体勢でこちらを静かに見つめていた（馬鹿じゃないの、という顔つきだったかもしれない）。ああ、もう打つ手がない……と思った瞬間、シカは白いお尻を見せながら、道の先の藪の中に消えていった。呆れ果てたのかもしれない。私の振る舞いに失望したのかもしれない。未だにどうするのが正解だったのかわからない。

2

晩秋の夕刻、家々の外灯が灯り始めた頃、東京の家で庭をぼんやり見ていたら塀の上をぬらりと胴の長い動物が歩いていった。ハクビシンだ。家々の塀の上、庭の中、ベランダの手すり、植栽の藪の中、あらゆる場所を通ってどうやら決まった道があるようなのだ。森の中に獣道があるように、町にもいろいろな種類の道がある。猫道、ハクビシン道、アライグマ道、アズマヒキガエル道、アオダイショウ道……そう、アオダイショウ道もあるのである。

これもまた秋の夕暮れの時刻、帰宅途中、家の近くにあるお屋敷の塀を乗り越えようとしているアオダイショウに出会った。思わず立ち止まり、写真を撮るなどしたかったが生憎《あいにく》カメラもスマホも持っていなかったし、彼（か彼女）が中に入ってすっかり消えてしまうまでなす術もなく見守るしかなかった。お屋敷の天井裏にアオダイショウは必須だろう、栄えること間違いなしだ、家の神だ。遠野物語に出てきそうなうらやましい話だ……そんなことを考えながら家路についた。ただ、私はそう思うけれども、そんなものに敷地内に入られたら困る、というタイプの家の人たちだったら、なぜ教えてくれなかったのだ、と恨めしく思うだろうな、とも考えた。私はその家の人たちと面識はなかったが、ピンポンと門の呼び鈴を鳴らして、今お宅の庭にアオダイショウが入って行きましたよ、と報告するべきだっただろうか。そんなことをいわれても相手は面食らうばかりだろう。不気味そうにピシャンと戸を閉められるか、そうでないにしても「はあ」とか「それはどうも」とかいう熱のない反応ならましな方で、悪くすると「え、それは大変だ、どの辺に入りましたか？」と色めき立ってアオダイショウを探し出し、最悪の場合、彼（か彼女）は殺されてしまうかもしれない。吉兆だと喜んでくれる可能性はないとはいえないまでもとても低いだろう。やはり黙って見守って、近くを通りかかるたび、ああ、あの家のどこかにアオダイショウがいるのだなあと思うのが一番よかったのだと、考えることにした。

それから数年後、同じく夕暮れの時刻、今度は（自宅を中心とした場合）先のお屋敷とは反対側に位置する、別の民家（庭あり）の前を通りかかったときの話である。人の腰ほどの高さまでブロック塀が立ち上がり、その上に植え込みがある形の塀を、またしてもアオダイショウがよじ登っているのに出くわした。嘘のようだが本当の話である。このときは、私の他にも目撃者がいた。後方を歩いていた、七十代後半から八十代と思われるご婦人が同じように立ち止まり、「まあ、私、こんなの久しぶりに見たわ」といいつつ、そのアオダイショウ（直径五センチほど、長さは一メートル弱といったところか）をつまみ上げた。私が驚嘆していると、すぐにそのヘビは手放され、地面に落とされた途端以前に倍する速度でもう一度その家の塀を乗り越え、中に入っていった。余程「この家」と目するところがあったのだろう。ご婦人は、アオダイショウをつまんだ手を鼻先に持っていき、低い声で「ゴムみたいな匂い」といった。

3

これもまた書いてしまうと作りごとのようなのだが、最初にアオダイショウが塀から入っていったお屋敷は、その後取り潰された。別の民家で二度目にアオダイショウが入っていくのを見てからしばらくしてのことだった。毎日の生活のなかでは不思議に思うこともなく（大きな家が壊されて景観ががらりと変わってしまうことには以前から胸の痛む思いをしていたが――まず緑が根こそぎなくなるので）過ごしていたが、あのアオダイショウが同じ個体だとしたら、まるで座敷童子が家から家へ転々としている話のようであることに気づいた。座敷童子譚《たん》では、座敷童子が去った屋敷は一様に没落して、入っていった先の貧乏だった家は富み栄える、ということになっている。あの屋敷が潰されたのはたぶん、代替わりして高額な相続税がかかったためだろう。不動産屋に売られたらしく、今は小さな家がたくさん建っている。

家が取り壊される前にアオダイショウはそれを察知して逃げ出したのか、もしくはアオダイショウが逃げたからそういうことになったのか、アオダイショウの事情とそのお屋敷の事情はまったく別個の流れになっているに決まっているが、そこに接点がありそうなところに惹かれてしまう。お屋敷の次にあの民家を選んだのは、どういうことが決め手だったのだろう。アオダイショウ道はきっと、私の家を素通りしている。

実は数年前、「大きなアオダイショウの完璧な抜け殻を見つけたが、必要?」、と友人から打診があった。「草っぱらで見つけた」のだそうだ。私は特に、爬虫類《はちゅうるい》が大好きというわけではない。あのご婦人のように平気でヘビに触る気にはなれない。どちらかというと、見つけたらゾクッとする方だ。しかし伝説をいっぱい背負っている動物にはそれなりの敬意を持っている。生理的忌避感と伝説への敬意なら、迷うことなく後者を重んじる。お屋敷にアオダイショウが入っていくのを見て少し羨ましく思っていた矢先のことだった。腹を括る気分と大喜びの気分、二つ同時に引き受けて、どうぞお送りくださいと返事した。抜け殻はきれいな箱に上品なお菓子のように詰められてやってきた。少しずつちぎって財布に入れたりタンスに入れたりすれば、お金や衣装が増えるらしいと取扱説明書のように添え書きがあった。しかし完璧な抜け殻をどうしてちぎったりできよう。どこに置くかは決めていた。天井裏である。天井裏しかない。抜け殻は今も箱ごと天井裏に鎮座して、ネズミに睨みをきかし、我が家の安寧を司《つかさど》っている(と思う。件《くだん》のアオダイショウが我が家を素通りしたのは、おそらくここには先客がいると思ったせいではないか)。

さてアズマヒキガエル道だ。

今の家に引っ越して初めて梅雨の季節を迎えた頃、雨模様で小暗い庭の底、落ち葉が積み重なって腐葉土になろうとしている庭土の、一部が動いたような気がした。自慢ではないが、風景から生き物を見つけることにかけては自信がある。程なくしてゆっくり瞬《まばた》きをしたアズマヒキガエルを見つけた。すっかり褐色の落ち葉と同化していた。最初に思ったのは、「どこから?」だった。

4

そのときアズマヒキガエルがいたのは、塀で囲まれた東京の家の庭である。八ヶ岳のように境などあってなきが如《ごと》しの、シカだろうがテンだろうが何の痛痒《つうよう》も感じずに行き来している「山庭」ではない(もっとも八ヶ岳もあまりのシカの多さに、管理事務所はフェンスを張ることを考えているらしい。逃げ遅れたシカを囲い込んでしまったら、誘導して外に出すのだろうが、もしそれが、この間のような物怖《ものお》じしないタイプのシカだったらどんなことになるのだろう……興味津々だ)。ヒキガエルはどこから入ってきたのか、それともここで冬眠し、藪蚊を食べて一生を過ごすつもりなのか、代々そうやって過ごしてきたのか。その可能性は高いと見て、長い付き合いになると踏み、私は彼に蟇之丞《ひきのじょう》と名付けた。

少し小ぶりだから雄だと思ったのだが、雌だったら「お蟇《ひき》」だ。幕末から明治にかけて書かれた随筆の類いにも、江戸のお屋敷には蝦蟇《がま》が出ると決まっていた。しっとりした蹲《つくばい》があり、裏には井戸があるような庭で。昔、南九州の実家の玄関先の灯の下には毎年大きな置き物のような蟇が出て（灯に寄ってくる昆虫類を狙っている）、見るとぎょっとするのだが、何となく嬉しくもあった。今から考えると「毎年必ず出る」ということに、安心感のようなものを感じていたのかもしれない。東京の自分の家の、猫の額ほどの庭に小ぶりとはいえヒキガエルの出たことが、実は嬉しくてならなかった。ようやくひとかどの家が持てたような気がした。一軒家にはやはり、蝦蟇の一匹や二匹は居着いてほしいものだ。しばらく経って、隣の方（私より長くここに住んでいる）と話す機会があったとき、隣の庭にもヒキガエルが出ることを知った。蟇之丞もいるときといないときがある。どこかに隠れているのだろうと思っていたが、そういえば地下の秘密の通路を使ってお隣にも出ているのかもしれない。「お宅の蟇之丞は、うちのガマちゃんかしら」。今はもう越していかれたが、会うと話の弾んだお隣は、楽しそうにそう呟かれたものだった。そうこうしているうちに家人が帰ってきて、道路（お隣とうちの庭の延長線上にある）を渡ろうとしていたアズマヒキガエルがいたので「車が危ないから持ち上げて渡らせてあげた」という。その先をずっと行けば公園の池につながる。家人は「この間も同じようなカエルがいて、弱っていたので自転車の前カゴに入れて公園の池まで送ってあげた」のだそうだ。

公園の池は古代からあることがわかっており、池の周りには遺跡も発掘されている。そして私は池の周囲にミツガシワ（氷期の生き残りとされる）がひっそりと生息している場所も知っている。これはもう考えるまでもなく、古代から続くアズマヒキガエル道があるのだ。ただ一つわからないのは、うちの蟇之丞が不特定多数の通りすがりのヒキなのか、それともここに愛着を持ってくれている唯一無二の一匹なのかだった。そこで庭に現れたアズマヒキガエルはすべて写真を撮り、蟇之丞を個体識別できるようにした。だが裏の広い駐車場が潰され、十数軒もの（庭のない）住宅建設工事が続くうち、蟇之丞の姿は見えなくなった。

5

昨日の朝、普段より早い時間に居間の窓を開けると、庭の植え込みの蔭にいたウグイスと目が合った。ウグイスはとてもシャイで人見知りをするので、もう長い付き合いなのだがこんな風に目が合うことはなかった。いつもは目にも留まらぬ速さで藪の奥の枝を渡っているか、枯れ葉だまりをジグザグに匍匐《ほふく》前進（？）しているかの一瞬しか捉えられないのだ。目が合ったことがありがたく光栄で、事態が（なんの事態かわからないがともかく）一つ好転したような気がし、一日ほくほくと嬉しかった。彼がどこからくるのかはわかっている。アズマヒキガエルの蟇之丞のときと反対側のお隣との、塀が一部低くなっているところを行き来しているのだ。繁殖期以外は鳴き声も立てず、ひっそりとしたものである。鳥なのだから堂々と空高く飛んでくればいいのだが、ウグイスというのは隠れ隠れ移動するのが好きな質のようだ。そのうちアオダイショウと出くわさなければいいのだが。

そういえばアオダイショウが二度目に近所の民家へ入っていったとき、驚愕したのはその「入り方」であった。爪先立ちするみたいに尻尾の先っぽを支点にして伸び上がり、一メートルほどの高さの塀の天辺にとっかかりを探していたのである。何度も失敗して地面に落ちては伸び上がっていた。インドの蛇使いがコブラを踊らせる図があるけれど、あれにも似ていた。件のご婦人はその様を見て、「久しぶり」とおっしゃったのだから、ヘビがそんな格好で移動することはそう稀なことではないようだった。その塀はブロックと煉瓦が複雑に凸凹《でこぼこ》していて、這《は》って越えるのが生理的に嫌だったのかもしれない。結果的にはそのご婦人につまみ上げられ（私はぎょっとしたけれど、ご婦人は、これがいい刺激になるだろう、という応援の気持ちでやったことだったのかもしれない）、落とされた反動もあったのだろう、こんな目に遭うんだったら、とばかり今までとは格段に違う強い覚悟でぐんと伸び上がり、今度は頭部をうまく塀の天辺に固定させて残りを引き上げたのだから、何が幸いするかわからない。もっと簡単に入れる家もあっただろうに、あの家がアオダイショウ道に入ってしまっていたのだろう。いや、これが蛇《じゃ》の道なのだろうか。その後、その家が取り立てて富裕になったようには見えないが、実のところはわからない。私の家が、アオダイショウ道から外れていて、ウグイス道やアズマヒキガエル道に入っている(被食者は捕食者の道を避けていたのだ)、ということは、身の程に合っていると納得もできる。

この家はまた、ゴイサギの道の真下にもあたる。以前から夜更けや夜明けにギャーともゲゲーともつかない声が近隣に響き渡ることがあった。ある夕暮れどき、二階のベランダから頭上を飛行し、公園の森に降下していく彼らを見て、ああ、そういうことになっているのだと合点した。少し離れたところにある別の公園の池から、この近所の公園の池を目指して飛ぶゴイサギの声であった。ゴイサギは夜行性だ。あれを河童《かっぱ》の移動中の声としていたのは、昔の南九州の山間《やまあい》に住む、古老の訳知りたちである。

6

緑が続く好きな風景に、日本の棚田、英国の生垣《いけがき》などがある。彼《か》の国に滞在中、田舎へ行って生垣だけを眺め歩きながら日がな一日暮らしたことも一度や二度ではない。西洋サンザシを主体に、ハシバミやニワトコ、ブラックベリーや薬草にも使われたさまざまな草木が複雑に入り組んで境界をなしている。古いものは数メートルもの厚みがあり、生垣の中央部は外側ほど陽も入らず、植物の性質によって棲み分けられている。現代では少しでも作付面積を広く取りたい農家に嫌われ（有刺鉄線の方が、ギリギリまで土地を使えるから）、急激に数を減少させているが、昔は英国本土縦横に張り巡らされ、それはハリネズミなどの小動物や昆虫、ツグミ、キジなど鳥たちの避難所であり生活道路であり移動手段でもあった。その長さ、五十万キロもあったともいわれている。囲い込み運動より以前、五世紀頃サクソン人がやってきた辺りから、残っている生垣もある。

一九六〇年代に、ある植物学者が、生垣によって植物の多様性（ここでは植物種の数）が違うことに着目し、二百二十七の生垣を徹底調査し、その生垣が「いつ」作られたものであるかを調べた。そしてそれぞれの生垣から任意の縦横三十ヤード（約二十七・四三メートル）の区画にどれほどの種類が生えているかを数えた。すると、驚くべき結果が判明した。植えられてから百年経つ生垣には一種類、二百年のものには三種類、八百年のものには八種類（ブラックベリーやツタ類は数に入れない。あまりにもどこにでもやってくるので。それ以外の植物の数だ）。つまり、百年につき一種類ずつ増えていくわけで、十種類生えていた生垣は確かに千年を経過していた（植物学者は、古い証文や土地台帳、古地図などを詳細に調べ上げていた）。ということは、大体二十七メートル強の目安で何種類の植物が生えているか数えるだけで、その生垣が、サクソン人が作った素朴なサンザシの生垣の裔《すえ》なのか、薔薇《ばら》戦争の時代のものなのかわかるというわけだ（いくつかの例外はある）。この植物学者はマックス・フーパー氏。これは彼の名前を冠してフーパーの法則と呼ばれている。

羨ましくてならない。これ以上の豊かな遺産があるだろうか。そう考える人間は私だけではない。英国には私など及びもつかない自然好きがたくさんいる。大勢が熱狂してこの法則を実証した結果、いくつかの、これも楽しい現象の存在がわかった。四百年経った生垣や、八百年経った生垣にはそれぞれ決まった植物が現れる、等々。にもかかわらず、生垣はどんどん減りつつある。経済効果を優先させたい人びとと、自然環境保護を価値観の最上位におく人びととの対立は、近年ますます激しくなっている。そしていつの時代も後者の方が押され気味だ。生垣好きの人びとの心の奥には、アナウサギやハリネズミ、トガリネズミたちが自由に行き来する通路がある世界への、渇望があるのだと思う。少し前、ロンドンの住宅街の庭で、ハリネズミが通過できるよう、フェンス下部に穴を開ける運動が流行したのも、潜在的にあったこの通路への「渇望」が、強く後押ししたものと考えている。

7

昔、山の民は山を下りずに北から南まで移動できたという。今となれば眉唾のような気もする、そういう話をいろいろな書物で目にしていた時代、すでに地図好きであったから、日本中の山脈や山々を、何とか繋げないものだろうかと各地のさまざまな縮尺の地図を集め、苦心惨憺《くしんさんたん》した記憶がある（今ならGoogleマップで拡大も縮小も自由自在だ）。九州や四国、北海道は他地域と海峡で隔てられているが、本州内なら、そして道路も人口も今程増えてはいない昔なら、かなりのところを行き来できたに違いない（でもどこかで街道を渡らなければならなかっただろう）。

山の中の獣道を、人も利用し恩恵を受けることは多々ある。しかしその反対はあまりない。むしろ人の道によってズタズタに断ち切られた獣道を、何とか通りたいと人の道に入り込んだ獣が事故に遭う確率の方が多いだろう。交通量の少ない道なら素早く真っ直ぐに横切れるだろうが、多い上に閉鎖的な道路だったら異様な場に入ってしまったわけのわからなさでパニックを起こす。獣にとっては別のルールが支配している異世界、人に飼われている犬猫であればわかっている、「どう振る舞うべきか」がわからない（しかし人間でもときどきわからなくなることがある）。

十年以上前、真夜中の名神、関ヶ原辺りを走っているとき、高速道路の真ん中に立ちすくむ若いシカに遭遇したことがあった。今思えば向こうも何となく入ってはみたものの、想像を超えるスピードで鉄の物体がやってくる、どうすればいいのかわからなくて動けなくなったのだろうが、こちらも一瞬気が動転した。咄嗟に隣の車線に車がないのを確認し、慌てて移動したのだが、もし隣を車が走っていたら、どうなっていたかわからない。

八ヶ岳のひと気のない道で見つめ合ったシカのことを思う。彼はそこがときどきは鉄の塊も行き来する異世界に属する場ということは熟知していたはず。このくらいはどうだろう、やってみた、うまくいった、ではさらにこのくらいならどうだろう……。自分の反射神経や膂力《りょりょく》が、衰えるときがくるなどと露ほども考えたことがない若者たちは、あっという間に大胆になる。

芦屋に住んでいた頃、六甲山から川沿いの土手を海に向かってイノシシが疾走していたと、タクシー運転手の方が話してくれたこともあった。目撃したそうである。山と海が近いところはそういうことが多い。北海道、斜里町《しゃりちょう》の小高い山の上から海へ向かう厚い緑の帯を見て、まさにグリーンベルトだと感嘆したこともあった。どれだけ多くの鳥や獣が行き来していることかと想像した。春先の知床《しれとこ》の海崖の上、うっすら雪の積もった原に、わざわざ迂回して海の見える箇所で佇んだであろうクマの親子の足跡を見たこともある。冬眠のねぐらから出て来たばかりだったと思われた。まず真っ直ぐ、行くべきところがあって、その途中、ちょっと子どもたちに海を見せておこう、と母グマは思ったのか。こういう想像は、心と精神を養う。

カエルもヘビも、鳥も獣も人間も、個々の事情を抱えて道を歩んでいる。

第四章

二〇二二年一月——四月

晩秋と初冬の間

I

季節が秋の深まりに向かう時期、八ヶ岳を離れた。その直前まで目を奪われるような鮮烈さで景色の色合いが変わっていっていたので、何とかこの秋のうちにもう一度ここに戻りたいと思った。いつの季節も実はそうなのだろうが、この時期の劇的な変化は一年のハイライトといえるのではないか。

たとえていえば、生まれてから上り坂一直線だった生命エネルギーが、ある年齢を境にしてがくんと下り坂に変わる、その瞬間。昨日まで無意識の流れ作業でこなしていた様々なことを前に、気分は同じのつもりでいるのに、急に一つ一つ、スムーズに流れていかない仕儀に陥り、立ち止まってまじまじと見直すはめになる。それまでは若さの勢いで隠蔽《いんぺい》されていた何かが露《あら》わになる、そのものの本質が奏でる幽《かそけ》き旋律《メロディー》が、秋の清澄な空気のおかげで、初めて耳まで届く、ような。緑一色だった葉っぱの一枚一枚の「老い方」に個性や味わいが滲み出てきて、まるで初めて出会ったかのようにしみじみと見つめてしまう。なぜこれが見えなかったのか。いやようやく見えるまでにときが熟してきたということなのか。

だが何とか時間を見つけ、八ヶ岳へ（駆けつけるようにして）戻ってくると、あの燃えるようだった紅葉はすでに艶をなくし、ほとんどが落葉していて、かろうじて葉を落とし切っていないものも、見ているうちにどんどん残った葉を風に散らされていく有様。赤岳はすっかり雪に覆われ、不穏な灰色雲が一癖も二癖もある側近のように始終まとわりつき、顔が見えない。まるでずっと遠くに行ってしまったようだ。心にひんやり、冷気が通り抜ける。もうすぐ南岸低気圧がやってくるのだ、冬山遭難の季節が。しかしまだ季節は晩秋から初冬に移り変わろうとしているところ。いうなれば、晩晩秋の中頃、といったところ。それもこの一瞬一瞬に、晩晩秋の終盤へと変わりつつある。止め処《ど》がない。けれど自然はいつもそうやって駆け続けているのだろう。

遅く着いた日の翌朝、居間のカーテンを開ける前に台所のカーテンを開けると、窓の外のサラサドウダンの枝に飛んできたコガラが止まり、こちらを覗き込むようにして小首を傾げた。

来てたんだね、今起きたんだね、車が止まってたから来てるんじゃないかと思ってたんだ、やっぱり来てたんだね、そしたら僕たちの食事のお皿、出すよね、これから出すよね！　居間のカーテンを開けて、すぐに出すよね！

確かにそういっていた（ようだった）。野生動物とは距離を取る？　もちろん取っている。私は彼を、手乗り文鳥のようにしたことはないぞ、家の中に巣を作らせたことはないぞ（そんな自然愛好家がいたのだ、昔英国に）等々、怒濤《どとう》のような言い訳を考えつつ、体はそそくさとひまわりの種の袋に向かっている。コガラはすっかりふわふわと、毛糸のボンボンのように丸くなっていた。冬に備えて脂肪を蓄えているように見えるが、これは羽毛を膨らまし、空気の層を幾重にも作ることで文字通りのダウンコートのようにしているのだ。それがまた、この上なく愛らしい。

2

八ヶ岳の小屋のベランダに置いてある、植木鉢のキバナノヤマオダマキが枯れススキのようになって寒風に吹かれている。

この植木鉢は、ここに来て最初の春、長期滞在に備え、サンドウイッチの薬味にしようとナスタチウムを植えて東京から持ってきたものだ。ナスタチウムは（当然のことながら）無理やり連れてこられたここの気候を嫌い、あっという間に姿を消したけれど、そのまま植木鉢だけなんとなく置きっぱなしにしていた。暖かな時期だったのですぐに何かが生えてきた。東京の庭だったらこういうとき、まずはイネ科のひょろっとした草が生えるのだが（そしてそれらももっと繊細な形でたしかに現れてはきたが）、そのとき出てきたのはキンポウゲ科っぽい凝った草だった。「もしかして？」と思ったまま、とくだん何をするということもなく、気にかけたまま放っておいた。可哀想だが夏の暑さと乾燥で、すぐに枯れてしまうだろうと思った。次に気づいたときはすでに花が咲いたあとで、特徴ある花弁が萎《しぼ》んでいた。まずは生き延びていたことに驚き、次にこの花の種類に改めて驚いた。その萎んだ姿で大体の見当がついたのである。近辺でよく見かける花だった。けれどまさか、地面から数メートルも高い、こんなベランダの小さな植木鉢に、ピンポイントで種が運ばれていたとは。「キバナノヤマオダマキ、やはりあなたでしたか！」と感動した。キバナノヤマオダマキ（キンポウゲ科オダマキ属）は名前の通りヤマオダマキの仲間で、真ん中の花弁がレモンイエロー、周りの萼片《がくへん》がクリーム色の、蠟梅《ろうばい》のような品格を感じさせる花だ。

英国の哲学的な庭師、ベス・チャトーは自身の庭園の一画にグラベルガーデン（砂利敷きの庭）を創出するにあたり、水撒きの類いを一切行わなかった。乾燥に強い種類を植えたのは確かだが、水不足が年々深刻になる現実を受けて、それに耐えられる植物を育成したいという目的もあった。見守りつつ、手を出さない。旱魃《かんばつ》が続く日々、彼女とそのスタッフたちにとってこれがどんなに苦しいことであったか。自然のリズムの中で、適応していく、祈るように何かの力を引き込んで適応させる、その阿吽《あうん》の呼吸のようなものの持つ思想を、時折考える。

だからここ数年、植木鉢の位置すら変えず、水もやらず、キバナノヤマオダマキを見つめているのには（単なる面倒臭がりというだけでなく）、遠くベス・チャトー、グラベルガーデンの思想の影響もある（ような気もする）。とはいえ、当初八ヶ岳での冬越しは無理だろうと思った。家の中に置いておいたジャガイモが凍るのである。ポットの中の水が氷塊になっているのである。外に置いた植木鉢など、ガチガチの凍土となるに決まっている。

現に冬場、地上部分は姿を消し、植木鉢は雪に覆われた。だが、春になったら驚くべきことに、またあのキンポウゲ科独特の、繊細なような二心あるような、切り込みの入った（近くのヤマトリカブトによく似ている）葉が蘇り、まるで死んだと思っていた〇〇に再び出会えたのに近い感慨が湧いた。今はすっかり全草（地上部分）ドライフラワーとなり、八ヶ岳おろしに身を震わせ、晩晩秋の風情を漂わせている。この奇《くす》しき技よ。

3

晩晩秋がいよいよ深まり、晩晩晩秋を目指しているかと思われるような日々が続く頃には、このままずっとこういう風に春夏で蓄えたエネルギーが衰えていくだけ、そしてそのエネルギーはいつまでもなくならないのだと（ある意味ではそうなのだが）いう錯覚に陥りそうになる。永遠に到達しない極相。だがあるとき突然、世界はもう、すでに冬だったのだと悟る。なんと、実はずっと前から冬は静かに始まっていたのに気づかなかっただけなのだと自分の迂闊さばかりが身に沁みるような、毎回そんな「悟り方」で、季節はあるとき公然と変わる。今回の「あるとき」は、八ヶ岳の山小屋近くの池の面が凍っているのを見たとき。まだ薄氷であったけれど、その上に落ちた、強風で飛んできた枝や誰かが投げ込んだ石などが、紛れもなく冬の長い影を氷上に落とした姿で乗っている、その程度には厚い氷。これが初冬（そしていよいよ厳冬ともなると、池の表面は雪原となり、池であることもわからなくなり、動物たちの足跡が、ただ延々と付くばかり）。

「春夏に蓄えていたエネルギー」はついに解体され、その養分の、静かな消費の日々に入ったのだ。

エネルギーの形が変化していく、ということにとても関心があり、例えば生ゴミをコンポストで堆肥《たいひ》化する、ということにも、なかなか完璧に成功したとは言えないけれど、トライはした。なぜ生ゴミを直接畑や庭土に埋めてはいけないのか。私の理解では(専門家ではない悲しさで、科学的に正しい言い方ではないのは承知だが)、生ゴミの持つエネルギーはそのままでは土世界のダイナミズムに入っていけない、そこで通用する貨幣に変換させるために例えば空港で両替してもらう、コンポストはそういう両替所のようなところである。このときに自分が前の世界から持っていたエネルギーを違う形で放出してしまわないといけない(手数料のようなもの?)。それが発酵であり、その過程で発熱もする。発熱し切った後は、すっかり以前と変わった形態となる。生ゴミは生ゴミとなる前は、それぞれ個別の名前で呼ばれていた。魚であったり、サラダ菜であったり。個別の名前の命が奪われ、生ゴミとなった段階で季節が変わり、コンポストに入ってさらに変わった。生きものの終盤戦。

膨大に溜まってしまうコーヒー滓《かす》もなんとかできないものかと考えた。見た目はすぐに土として使えそうな色や形状だが、植物の発育を阻害する物質などが含まれているので、一旦は発酵させて「解体」しなければならない。いろいろ調べ、段ボール箱に腐葉土を入れ、乾燥させたコーヒー滓を混ぜ込んで、毎日糠床《ぬかどこ》を手入れするように天地返しをし、うっすらと良い黴《かび》に覆われて発熱するのを待っている、のだが、これがなかなか温かくならない。きっと最初のコーヒー滓の量が腐葉土に比して多すぎたのが敗因だと思うが、もう段ボール箱はいっぱいで、これ以上腐葉土の量は足せない。段ボール箱を増やすゆとりもない。如何《いかん》ともし難いので、そのままにしてある。発酵を拒否し、次の季節に進むことを頑として拒んでいる、ようにも見える。そういう人もいる。

敗者の明日

I

山小屋は亜高山帯《あこうざんたい》の林のゆるやかなV字型の斜面の途中に位置していて、V字の底は細い涸沢《からさわ》になっている。今はその斜面全体に雪が降り積んで、神々しいばかりの白さが薄曇りの空に映り合い、牛乳瓶の底にいるような、薄ら明るい世界だ。

冬に入ってから、ひまわり種の食事箱は押すな押すなの大盛況。ほとんどがカラ類。朝、積もった雪に足を取られないようにしながらテラスの手すりの雪を払い、食事箱を設《しつら》えていると（風で飛ばないように針金の輪に引っ掛けている）、手すりの先、雪が積もって凸凹になったところの向こう側で、コガラが目だけ出してこちらを見つめている。あまりに可愛いので微笑みかけると、小さな口を上に上げてパクパクしてみせた。口の奥の赤い色まで見えた。……早く食べたいよう……。とろけるような気分だが、もしかしたらこれは威嚇のポーズで、用が済んだらさっさとどけ、といっているのかもしれないという冷静な考察も頭の片隅ではちゃんとしている（だから、野鳥の可愛さに我を忘れて甘やかしているわけではない）。最近見なかったヒガラまでやってきた。

　この盛況ぶりに気をよくして、実は昨日から、ずっと以前に試して（カラス以外には）不興だった牛脂を、再び出してみている。牛脂はシジュウカラの大好物、と、野鳥関係の特集記事には必ず載っているし、インターネットでも、いかに彼らが牛脂を好むかの画像映像があふれんばかりに見つかるし、この極寒の日々、高カロリーが必要とされるだろう、今度こそ彼らも牛脂に興味を示すのではないかと出してみたのだ。手すりに置いた、いつもの食事箱の二十センチほど左側に、三センチ角ほどの牛脂、三個ほどを六十センチ長さの針金の端に連ね、針金の残りをくるりと手すりを巻くようにして固定させた。この針金は購入した薪をひとまとめにするのに使われていたものだ。食事箱そのものを手すりに固定させるのに使っているのもこれである。

　最初はまったく、誰も見向きもしなかった。ヒガラ、コガラ、シジュウカラ、ゴジュウカラの誰も。多くの小鳥たちが、牛脂の隣（食事箱の反対側）に着地し、それからポーンとこれみよがしに大ジャンプの羽ばたきをして、牛脂をまたぎ、食事箱に着地する。こんなもの、邪魔なだけ、というデモンストレーションらしい。もちろん真っ直ぐに食事箱に直行する小鳥もいる。そのなかで、ヒガラだけが、あれ?という目で牛脂を見ているのに気づいた。ヒガラはカラ類のなかでも一番小柄な鳥であるが、そのヒガラのなかでもとりわけ小さく痩せたヒガラだった。コガラは小さくともコロンとした形で、冬場は特に福々しい。あの、普段はスラッとスタイリッシュなゴジュウカラでさえ、往年の美青年が恰幅《かっぷく》の良い中年になったかのようにボテッとしている。なのにそのヒガラの貧弱さは、冬のマジックをもってしてもまったく太刀打ちできない、個体の存在とセットになったカルマであるかのように、見ていて痛々しくなるほどだった。他のヒガラは小さくはあるがさすがにちょっと小ましである。その、個体識別のできるほどみすぼらしいヒガラが、突然牛脂を突き始めた。

2

乳白色の雪空に一箇所、ぼんやりと殊更《ことさら》に白く発光しているところがあり、あそこに太陽がいるのだな、と見当をつける。庭の涸沢にも雪が積もり、表面上は沢だとはわからないが、二ヶ月もすれば雪解け水が音を立てて流れるだろう。その水の行先は日本海で、合流する川にはイワナがいるらしく、時折釣り装束《しょうぞく》のおじさんたちが（なぜか皆、人目をはばかるようにして）車で乗り付けるのに出会うこともある。本流の方では夏場、ヤマメも釣れるらしい。絶対に海には降りないと決意したようなイワナと違い、ヤマメには陸封型、降海型がある。陸封型は生まれた川から出ることはなく、降海型は川で生まれてしばらくして海へと旅立つ。これはサクラマス、鱒寿司《ますずし》になるサケ科の魚だ。つまり、ずっと川に残っていたヤマメと比べ、驚くほど大きくなるのである。最初はまったく同じ稚魚なのに。何がその違いを作るかというと、幼い頃の生存競争だ。そこで勝った個体が大きなサクラマスになるかというとその反対。強い個体があっという間に川で確固たる餌場を独占し、弱い個体は弾《はじ》き飛ばされてしまう。川では生きていけなかった、いわば負け組のヤマメは、生きていくために下流に餌場を求めるうち、海に出る。そこには川では想像もできない危険や過酷な体験もあるが、豊富な餌資源もある。一年後、川に残ったヤマメと比べ、一回りも二回りも大きくなったサクラマスとして帰ってくる。川で餌を獲得するのが上手いヤマメは雄が多く、下流に追いやられるのは圧倒的に雌が多いのだそうだ。それが堂々たる体軀《たいく》と実力を兼ね備えたサクラマスとなって、桜の咲く頃に帰ってくる（「川」とは、日本社会の比喩ではない）。サクラマスだって、できることなら海になど出ないで、のんびりと故郷の川で暮らしたかったかもしれない。けれど、そこはそうさせてくれるほど寛容な場所ではなかったのだ。弱肉強食の、シビアな環境。生き続けるためには別世界を目指すしかなかった。現在活躍なさっている方々に、小さい頃苛められた、という体験がある方が多いのと似ているかもしれない。群れの中で生きていけないというのは、群れの「型」には当てはまらない個性の持ち主だったのだ。そうなると、自分の居場所は自分で作るしかない。もしもそういうコースがあるとしたら、負け組即ち敗者と簡単にはいえなくなってしまう。自然がその種に用意した多様性は、天候の不順や災害や事故、ありとあらゆる可能性を含めてその種が生き延びるための、セーフティーネットでもあるから、今が生きにくいからといって、明日もそうだとは限らない。

さて、牛脂を突っついていたヒガラである。食事箱の方は、ほとんどいつも他の鳥に占領され、やっとありつけたと思えばすぐに追い払われる。そういうなか、安心していられるのは牛脂の前しかなかった。このヒガラが牛脂の前にいても、誰も関心を示さなかったのだ。それでせっせと突いているのだが、突き始めた翌日、帽子の黒色の艶が明らかによくなった。数日経って、少しふっくらしてきたようだと思った。さらに日が経ち、今度はシジュウカラに一回だけ歯向かった。どうなるのだろう、明日は。

3

それにしても、なぜ私の小屋にくるカラ類たちは（最小のヒガラをのぞき）牛脂を食べないのだろう。牛脂はカラ類、特にシジュウカラの大好物だということはよく喧伝《けんでん》されていて、私などもどんなに彼らが喜ぶだろうとその図を思い描いていただけに、平たくいえば「がっかり」した、のだった（こう書いた時点で、やっぱり自分が楽しくてやっていたのだな、という私のなかの「硬派ナチュラリスト、軟派を糾弾するの声」が喧しいが、ものごとはそんなに単純なものではない、と窘《たしな》めつつ先へ進む）。

「がっかり」したのはこれで二度目である。一度目はリスのクルミ。クルミはリスの大好物で、あの小さな手（前肢）でクルミを抱え持ち、くるくる回しながらクルミの殻の縫い合わせ（？）のところに歯を当て、器用にパカッと二つに割ってしまう。これもまた、リスなら当然、という思い込みがあって、自分の小屋にリスがくるようになったとき、ここぞとばかり早速彼の目の触れるところにクルミを置いたところ、不思議そうに、まるでブッシュマンが初めてコーラの瓶を手にしたような感じでしばらく思案し、いろいろやっていたが諦め、最後にそれをもって去っていった。次回来たときは、クルミには見向きもせず、鳥のために用意していたひまわりの種に夢中になっていた。明らかに、クルミのことはもう、彼の世界から消えたのだった。この辺りのリスに、クルミを食べる習慣がなく、親から教わらなかったということなのだろうか。クルミを器用に食べる技、は、先天的なもの——つまり、リスなら誰でもクルミを見た瞬間に本能的にそうするようなものではなく、学習しないと習得できないものなのだろうか。それとも、ほとんどのリスにはそれができるが、私の(小屋にくる)リスだけその能力がないのだろうか。最後の推論は、なんとなく私をもの悲しい気持ちにさせた。皆ができることができない、という点で血の繋がりのような連帯の気持ちが湧き上がってきたのだろう。

その疑問にピンポイントで答えてくれたのが、友人から勧められた『リスの生態学』(田村典子著)だ。もちろんクルミ割りだけではなく広くリスの生態全般に関する研究書なのだが、あのような器用なクルミ割りをするのはニホンリスとユーラシア大陸に分布するキタリスだけだとわかった。アメリカに棲む同属のリスたち、ハイイロリスやキツネリスたちはできないのである。けれど食べないわけではない。「クルミの殻のあちらこちらから削り始め、中身が出てくると食べ、また殻を削るという繰り返しによって、クルミ1個を完食する」。もちろん、パカッと二つに割って効率よく食べるマニュアル化された方法に比べ、遥かに時間がかかる。コストを考えたときには割の合わない食物になる。著者の田村さんがリスのクルミ割りに興味を持ったのは、富士山森林限界で調査をしていたとき。オニグルミを置いて罠《わな》に入れておくのだが、明らかにリスはいるのに半年経っても手をつけない。ふと、その調査地に、オニグルミの木がないことに気づく。食べたことがなかったのだ。

4

田村さんはリスのクルミ割りをこう描写する。

「クルミの癒合部《ゆごう》の一番薄い縫合線の先端から削り始め、そこにできた隙間に歯を差し込む。そしてテコの原理を使って、ちょっとした力で半分に割ってしまう。しかし、先端に隙間をあけただけではうまく割れないこともあり、そのときは縫合線に沿ってさらに削り、隙間を大きくしながら、何度か半分割を試みていく。多くの場合、縫合線を1周削る前に半分割できてしまう。まったくむだがない効率的な食べ方だ」（同書より）

この、「何度か半分割を試みてい」る姿が、クルミをクルクル回しているように見えていたのだ。そして、オニグルミが自生する、しない地域のリスについてそれぞれ捕獲、観察する。すると（オニグルミが自生する）東京・高尾近辺で捕獲した十五個体は、みな上手にクルミを半分割したが、（オニグルミが自生しない）富士山麓《さんろく》で捕獲した二十五個体のうち、二十三個体はまったく分割することができなかった。高尾（だけではないが）のリスたちのこういうスキルもまた、地域の伝統文化といえるのだろう。伝統文化とは、人間のそれだけではなかったのだ。生後まもない頃から親がやっていることを見ている個体における学習効果の高さ。

しかし、富士山麓の二十五個体のうちの（二十三個体はまったくダメだったにしても）一個体は九十五パーセントの割合で半分割でき（もう一個体は四十パーセントの割合ではあったがこれもでき）たという。つまり、生まれつきそれを成し遂げる個体もあるのだ。天才的ひらめきが備わったリスだ。これはまったくの想像だが、こういうリスは、普段あまり広い餌場を確保できていないのではないだろうか。競争では常に負ける側で、ふんだんに餌に恵まれている境涯ではなく、目の前にあるものをなんとか無駄なく食べたい、食べなければならない、そういう切羽詰まった思いが、こういう天才的ひらめきを生むのではないかという気がしてならない。クルミ割りを伝統文化のように伝えている群れでも、そもそもの最初にこういう天才がいて、それを周りが見様見真似でやるようになり、リスのクルミ割りの今があるのだろう。

私の山小屋の周りの植生は、カラマツ、ウラジロモミが圧倒的に多く、オニグルミはない。あのリスがクルミを見た瞬間にそれを半分割する方法がひらめくような天才でなかったことは、致し方ないことだ。ウラジロモミやカラマツの実が主食だった彼らには、私がテラスに出したひまわりの種は滋養に富んだ食べ応えのある食料だったのだろう。しかしこれは小鳥たち用なので、リスに占領されると小鳥たちには出番がない。それもあってリス用にと出していたクルミだったが、結局こういう仕儀にあいなり、最終的にリス用には殻つきの落花生を置いておくことにした。当初リスは、大いに関心を示し、クルミのときのようにクルクルと、まるで新体操の棍棒《こんぼう》のように回していたが、すぐに咥えて走り去った。またやってきては何度もそれを繰り返した。貯食用のつもりなのだろうが、私はリスがどのように落花生を食べるのか見たかった。いまだに見せてもらっていない。

準備はできつつある

I

東京の家は、（風情なく）年季の入った建物なので、「屋根がすごいことになっている」とわざわざインターホンを押して知らせてくれる業者の来訪がひっきりなしにあった。確かに散歩から帰るときなど、目に入る我が家の屋根は、近隣のきちんと手入れされた屋根のなかでは目立って古ぼけ、苔《こけ》やらカビやらが（草も生えているかもしれない）複雑に蔓延《はびこ》ったのだろう、実体がよくわからない色になっている。これは絶対、業者の方々のやる気と使命感に訴えるだろうな、と見るたび納得しつつ、高額の費用やら、その間の不便やらを引き受ける覚悟が定まらないまま何年も経っていた。だがこの度ついに、長年のその懸案に取り掛かったのだった。

初日、足場の設置というのが思ったより大変で、丸一日ガシャンガシャンという音が響き渡った。事前に「樹木が多いので、足場を組むに際しては、どうしても一部、犠牲になることがあります」と申し訳なさそうに宣告されていた。それは仕方がないですね、と応じはしたものの、少し胸が痛んだ。やってくる職人さんたちは皆礼儀正しく気持ちのいい方々ばかりで、思ったより心の負担なく二ヶ月弱（年末年始の休みを挟んで）が過ぎた。それでも最後に足場が外された後は、自分でも驚くほど解放感を覚えたので、気づかぬうちにやはり、ストレスは蓄積していたのだろう。予想された「樹木の被害」も、枝が落とされる等の害よりむしろ、高圧洗浄で飛ばされた屋根壁の（壁の塗装もついでに行われた）埃や汚れが木々にかかってほぼ灰色になってしまった、その方が心配だった。気孔が詰まってないだろうか？　呼吸ができるだろうか？　水をかけても乾けばすぐに灰色に戻った。雨が降っても同じだった。この埃汚れには粘着力があるらしい。しかし植物にはそういう外部からの働きかけに頼らない、自分自身の内部の力による、何らかの自浄作用が働いているらしく、少しずつ薄紙を剝がすようにしてきれいになっていくようだった。偉いものだ。それに気づいてからは、冬至を過ぎて毎日だんだん陽の光が長く、高くなっていく世界の明るさにも後押しされ、私の気分も春を待つ気配に満ちてきた。しかしもう一つ、気になることが残っていた。足場が外され、ようやく室内から見ることができるようになった庭の一角、敷石の上に、小さな水溜まりのようなものができていたのである。その周りには明らかに糞のようなものが散らばっている。樹木の実の種がいっぱい……ハクビシン？と最初は思ったが、ハクビシンのそれはちゃんとした形を保っているはず。以前一度だけベランダにその跡があり、おお、都会に生きる野生動物が、まさにここに来たのだと感慨深く思ったものだった。しかし今回のそれはそのときのような固形ではなく、どちらかというと鳥の糞のようなのだ。しかしこの、浅いとはいえ水溜まりができるほどの水分量は？　水溜まりは一向に干上がらない。朝も、昼も、たぶん夜も。これは常習的にここをトイレとして使っているということなのか。となれば、いったいそれは何者？

謎は深まるばかり。

2

ある朝、謎は突然解明された。

枝先にメジロが来て、何やら小まめに移動しながら懸命に舌を（感激することに舌が見えたのだった）出してなめている。その瞬間、大げさにいえば、脳内に立ち込めていた霧が一挙に晴れた。仔細《しさい》がわかったのである。それはカエデの木で、枝がこの年末年始にかけての屋根壁塗装の足場の設置、撤去のどさくさで斜めに折れており、枝先と見えたのはこの引き裂かれた折れ口だった。そしてそこから樹液が滴っているのだ。樹液は少し間を置いては滴《しずく》となって落下しているので、ちょっと見たくらいではその滴りの存在に気づかないが、真下の石畳にできている水溜まりは、明らかにそれが原因だった。

昔、カナダのオンタリオ州に半年ほど滞在したことがあった。紅葉の始まる秋から、さらさらの雪に埋もれたマイナス三十度の世界、そして雪解けも間近になると、メープルシロップの生産が盛んになる。メープルシロップはサトウカエデの木に穴を開け、集めた樹液を煮詰めて作る。この時期は芽吹きのために木の内部では活動が一際《ひときわ》活発になっており、樹液の量もそれが循環する勢いも一年で一番盛んな時期である。そこを狙って収奪するようなこの製法は、人間でいえば四六時中血を抜かれているようなものではないかと思っていた。樹液を集めるための仕掛けをくくり付けられている姿は、満腹になることのない飢餓状態のセミにしがみつかれているようなものだと思い、カエデが気の毒でならなかった。けれど地元ではシーズンたけなわになると煮詰めたメープルシロップを雪の上に流し固めてキャンディーを作る等、様々な催しもあって、それはそれで先住民の文化を感じ、心中は少し複雑であったが学ぶことも多かった。たぶん、量の問題なのかもしれない。先住民が近くの野山でよく見知った木に頼み、樹勢の盛んな時期に少し樹液をもらってシロップを作るというなら、伝統文化としてなんの屈託もなく受け止められると思うのだが、大量生産のため樹液を吸い上げ、全世界的に売り出されるとしたら、もうそこには搾取しかないような気がしたのだ。けれど養鶏や牧畜において、近年家畜の生活の質の向上を考える動きが出てきているように、物言わぬ樹木の一生についても、採取する期間や量など製造上の取り決めがあるようだった。

我が家の庭先に戻ろう。このカエデはイロハカエデで、庭に植えられる一般的な樹種だ。樹液も甘いとは思えない。けれど春を控えた今、やはり樹勢は盛んで樹液はミネラル分に富み（たぶん）、これは鳥たちの、文字通りメープルシロップなのだった。滴り続ける樹液に、芽吹きに向けてのカエデ内部の働きを垣間見せてもらったような感動と、そしてすかさずそれに気づいた鳥たちの敏感さ。落ちていた糞だけで見当がつかなかったのは、大きめの鳥の糞（多数の実の種あり）と、メジロのような小さな鳥の糞（ウグイスの糞のような、チューブ入りのワサビの色を濃くした外見）が、推理を攪乱《かくらん》させていたせいだった。同一個体の所業だとばかり思っていたのだった。

3

レオナルド・ディカプリオ主演の映画『レヴェナント〜蘇えりし者』の一場面に、熊に襲われ瀕死《ひんし》の主人公ヒュー・グラスが、真冬の極寒の地を彷徨うなか、まだ温かい馬の死骸を裂いてそのなかに潜り込み、長時間眠って生気を取り戻すシーンがある。この作品の原作となった小説は、開拓時代の実話がもとになっている。細部がどこまで事実に基づくかはわからないが、この場面には妙なリアリティーがあり、同時に首を傾げるところもある。それは、切り裂いた馬の死骸は急速に冷えていくのではないかという疑問。生命活動を終えた骸《むくろ》の真ん中に、冷え切った体（ヒュー・グラス）を押し込めば尚更のこと、あっという間に温度は下がり、水気を含んだ臓物は凍り始めるのではないか。故に、ヒュー・グラスが一時《いっとき》暖を取ったにしても、眠り込んではかえって体は冷え、危機的な状態になるのではないか。

そういった疑問があるにもかかわらず、ひどくリアルに感じられたのは、本物のジビエを食したとき、血で血をまかなうような、官能的ですらある食体験をすることがあるからだろう。友人のヴィーガンたちには聞かせられないような野蛮な悦楽。けれど同時に、尊い命の循環に、一部なりとも参加したのではないかという敬虔《けいけん》な感慨。祈りに似た思い。

命の内側に入ったからには、そのエネルギーの補塡《ほてん》がなされないわけがない、という直観が、あの場面に、蘇りの聖なる儀式のようなリアリティーを感じさせるのだろう。

前々回から、糞のことやら、こういう生々しいことやらを書いてきたのは、実は以下のことを正確に伝える、その準備のためである。読者の方から最近いただいた手紙に、まだ六ヶ月のヤンチャ盛りの愛犬を連れ、毎朝の散歩をされるときの様子が綴ってあった。当然、朝一番のウンチをする。彼女は愛犬の体から「ホカホカと温かい湯気に包まれて出てくる」それが、他ならぬ愛する○○から出てきたということで、「とても神聖で愛おしく思え」る。けれどその神聖さは温かさを保っている一瞬のことで、冷えてくると臭いもし、そうなるとただのウンチに変わる、とのこと。聖と俗が紙一重、ピンポイントの煌《きら》めきを持つこの話に、私はすっかり打たれてしまった。細かく書くことは差し控えるが、日常をとても大切に暮らしておられる方なのである。光栄なことに、彼女は私がこの話を嫌がらないと「信じて」綴ってくださったのだ。嫌がるどころか、感動しました。彼女の愛犬に対する愛が、その体の内部を経てこの世に現れたものとして便を捉えたのである。いわば見えないところでなされた（消化活動のこと）結果のものが可視化され、そればかりでなく実体を持って現れた、それが「便」の本質である。この本質を見抜くに必要な条件はただ一つ、「愛」であったのだ。この四月から、施設にいる母を実家に引き取り、遠距離介護生活に入る予定なのだが、それもあってかなおのこと、この話が何か、この世の神秘と理《ことわり》を凝縮したもののように思われ、そして同時にこの神聖さを私も多くの人びとと分かち合いたいと、願ったのだった。

4

事態があまりにも速い流れで進むので、この文章が活字になる頃にはどうなっているのかわからないのだが、今現在（二〇二二年三月はじめ）ウクライナ情勢は最初の停戦協議が物別れに終わり、二回目の交渉を迎えるところである。

連日眠れずに海外のニュース報道を見ていた。当のウクライナはいうに及ばず、周辺の、特にロシアと国境を接する国々の緊張は如何ばかりかと案じている。この辺り――ロシア周辺国――を旅すると、帝政ロシア軍やソ連軍の攻撃に備えた、砦《とりで》であったり壕《ごう》であったり、はたまた城塞《じょうさい》であったりの大昔からの遺跡が無数に残っているのに気がつく。ガイドの「これは旧ソ連軍が残していった〇〇で」という言葉を何度聞いたことか。「何をしてくるかわからないやつらだから」と地元の人が無表情に言い放つとき、世の中には先祖代々脈々とDNAに刻まれてきた恐怖というものがあるのだと知った。いつ、何に乗じて攻め入って来られるかわからない。突然やってきては判然としない理由で連行され、シベリアへ送られたり精神病院へ送られたり、果ては銃殺されたりが頻繁に繰り返された時代のことを、まだ骨身に染みて覚えている世代も残っている。ジョージア侵攻直後のエストニアに行ったとき、話がロシアのことに及ぶや、空気がピリピリとしてまるで今すぐにでも国境近くに土塁を築きに行きそうな、「怯《おび》え」としかいいようのないものを感じたこともあった。ジョージアがやられた、次はここか、というような。しかしロシア領で出会ったロシア人一人一人は素朴で親切な人が多かった。特におばさんたちの母性あふれる人間性は、万国共通の肝っ玉母さんアーキタイプの存在を思わせた。

実際にその土地を歩いて、そこで暮らしている人びとに出会うという経験は重要だ。テレビの向こうで起こっていることはCG画像ではない、数字の向こうに苦痛に喘《あえ》ぐ人がいる、悲嘆に胸も裂けんばかりの人がいる、ということがダイレクトにわかるから。そうでなければ意識して親身に、想像力を稼働させなければならない。それが、SNSなどの台頭で、誰もが海の向こうで起こったことをほとんど眼前で起こったそれのように臨場感を持って把握できるようになったと感じている。現場に立つ市民の一人一人が全世界に情報を発信することすら可能になった。これはネガティブな側面ばかりが多く取り沙汰されていたグローバル化の、ポジティブな側面といわざるを得なく、その威力に驚いている。ほとんど全世界が固唾《かたず》を呑んで情勢を見つめ、ウクライナの悲劇に胸を痛めているかのようだ。

自分の意に染まないことをすると第三次世界大戦を引き起こすことになるぞという――この言い様はもちろん本人がしたものではないのだが少なくとも第三次世界大戦の可能性をちらつかせる――ことのできる人間の、見ている景色とはどういうものなのだろう。マチズモの支配する旧世界の断末魔のような彼の暴走のその先、かつて世界が経験したことのない情報戦の展開はもう誰も読めない。けれど、新しい世界への準備はできつつあるのだろう。

雪が融け　水が温み

I

あるおじいさんが雪の森を歩いている途中、手袋を片方落とした。通りかかったねずみがその手袋の中に住むことにした。そこへかえるもやってきて同居したいという。ねずみは気持ちよく迎え入れる。だが同居の志願者は次から次へと増える。寒い森でふかふかの手袋はとても魅力的だったのだろう。

ウクライナの民話絵本『てぶくろ』（エウゲーニー・M・ラチョフ絵・うちだりさこ訳　福音館書店）の魅力的な点は、詳細に描かれた絵の情報量の多さと、安定感のある訳文の生み出す豊穣《ほうじょう》さにあるのだろう。寒空の下、この温かそうな「てぶくろ」を見つけたのはねずみ。ここに住むと宣言してもねずみなら、とそのサイズに読み手の誰も違和感をもたないだろう。最初の同居志願者がかえるなのはまだしも、うさぎになると読者は「え？」と思うけれど、先住者たちは「どうぞ」と迎える。これが渋々なのか、戸惑っているのか、本気で構わないと思っているのか、読み手の裁量に任される「どうぞ」なのだ。そして次はきつね。入れてもらいたいがため笑顔をつくっているが、ラチョフさんの絵（ご本人が画風を変えたため、一九五一年版と一九七八年版の二種類があるが、ここでは一九五一年版）は、残酷さもずる賢さも十分すぎるくらいに滲み出ている。なぜ被食者であるうさぎはそこで断らないのか。しかしどういうわけか温かな「てぶくろ」（と先住民たち）は鷹《おう》揚《よう》にきつねも入れてしまう。きつねとうさぎは肌を寄せ合いながら満足そうにしている。ほんとうかな。次の同居志願者は、はいいろおおかみ。さすがに先住者たちの返事は「どうぞ」ではない。けれど拒絶でもなく、「まあ　いいでしょう」。私はいつもここで笑ってしまう。ウクライナの人びとのおおらかさが出ているような気がしていたのだ。そして次はなんと、いのしし。いくらなんでも。先住民たちも「ちょっと　むりじゃないですか」と初めて不安を表明する。しかし「どうしても　はいってみせる」とすごまれると「それじゃ　どうぞ」。もうてぶくろははちきれそうだ。しかるにまだ、同居志願者はやってくる。ついにくまだ。よくロシアの擬人化に使われる動物だ。入りたいのだという。先住民たちは色をなして（と想像する）「とんでもない。まんいんです」。「いや、どうしてもはいるよ」。「しかたがない。でも、ほんの　はじっこにしてくださいよ」。ほんのはじっこですむものか、と読み手の誰もが思うだろう。てぶくろは一体誰のものなのか。

どんな臆測も偏狭な読みも、この豊かな絵本――『てぶくろ』は受け入れて、そして入ってくるものをみんな入れてしまう。今にも弾けそうになったところで、てぶくろが片方ないことに気づいたおじいさんが引き返してくる。先にてぶくろに辿り着いた仔犬が、異変を感じてワンワン吠《ほ》える、するとてぶくろの中の住人たちは皆一斉に這い出して、森の方々へ逃げる。そこへやってきたおじいさんがポツンと落ちていたてぶくろを拾い上げ、物語は終わる、のだが。残ったてぶくろは温かいだろうか。パンドラの箱のように、それでも最後には、希望が残るだろうか。

2

千島列島の「千島」をロシア語読みでクリルと呼ぶのを、最近のニュースで幾度か耳にし、滲み出る緊迫感とは別のところでカムチャツカ半島の火山湖のクリル湖や、半島から連なる諸島のこと、北の暮らしが脳裏をよぎった。本は大事という話。

赤城山猪谷《いがや》旅館に出自を持ち、日本におけるスキー普及の草分けであり、独創的な建築家であり、その他様々な分野に業績を残した（首を突っ込んだ）猪谷六合雄《くにお》氏は、一時期

（今から九十三年ほど前）、当時大雑把《おおざっぱ》に「千島」と呼ばれていた国後島《くなしり》に移住した。最初は旅でこの島を訪れ、すっかり気に入って本格的に小屋を建て（海岸に！）住み始めたのは紅葉が始まった頃だから、すぐに過酷な冬が来たろうと思うが、彼の著書、『雪に生きる』には冬の苦労の記述はほとんどなく、スキー三昧で帰宅するとすぐにストーブに火をつけ、掛け流しの源泉風呂に浸かって体を温め、すっかりいい気分で風呂を出る頃には室内も暖まっている、など、天国のようなところだとしか書いていない。なかでもよほど温泉が気に入ったと見えて、その話はしょっちゅう出てくる。こんな言い方が学問的に正しいのかはわからないが、国後島はカムチャツカ半島（ここもまた火山が多く温泉も多かった）から延々と続く火山群島の最後の端、なのではないか、とふと思った。当時国後島にはあちこちに村があり、日本人も多く、彼らは主に漁業で生計を立てていた。ある日猪谷のところに朝起き抜けに大欠伸《あくび》をしたら顎《あご》が外れた、という女性が連れ込まれる。村には医者もほとんどいないに等しく（遠く山を越えたところにアル中の医者がいるにはいる）、スキーに詳しい猪谷ならあるいは治療法を知っているかも（知識人ということか?）、ということで運び込まれたらしかった。このままだと物を食べることはおろか、話すこともできない。本人はすっかり疲れ果て、絶え間なく出てくるよだれを力なく両手に持った手拭いで受け止める様子に、なんとかしてやりたいと痛切に思うが、いかな猪谷とて、人の顎が外れたときにどうすべきかは知らない。一方で「人間の顔がこんなにも長くなり得るものかと」茫然と見入ってしまう。偶々《たまたま》持ってきていた糸左近著の猪谷氏曰く「素人医学と云ったやうな題の本」の目次を探すと果たして「外れた顎の嵌《は》め方」が書いてあった。苦心惨憺してようやく顎は嵌まり、一同に笑顔が戻る。本は大事だ。

昔札幌の古書店で、明治時代に出版された、掌に乗るくらいの小さな家庭向き実用百科事典（?）を入手したことがある。挨拶文を書くための美文調手紙例文が載っているのは当時の鉄則として、鳴く虫や鳥の飼い方、西洋料理の作り方、些細《ささい》な病気の手当ての仕方等々、Google の無い時代、さぞかし重宝しただろうなというような内容で、その一冊が土地柄開拓のために北海道に渡った家庭の主婦か、お嫁にきた女性のものであったのだろうと推測できたのは、鮭料理の項のページに細い筆書きで書かれた薄葉紙《うすようし》のメモが挟まれていたのを見つけたときだ。次々に持ち込まれる鮭を前に、どうやって料理するのか必死で調べただろう若い女性の姿が目に浮かんだ。本は大事だ。

はっきり見えるもの。

3

三月の半ば、南九州へ向かう飛行機に乗った。春霞のような、わたあめを作るとき最初にザラメからぼんやりとした繊維が出てくる、あの一瞬のような、けれど結局は近づいてくる低気圧の前哨戦のようなものだったのだなと後に納得した、薄いけれど動きのある雲が眼下の世界を覆っていた。だが所々で雪煙を上げている富士山のすがたはしっかり見えた。撮った写真を見ると、延々とジグザグに続く登山道が山頂まで到達している様子をはっきりと確認できる。雪融けの時期に入ると、普段は見えないものが日射しで生じた地熱の差などで見えてくるのだ。わずかな弧を描いて（これが地図といっしょなのが感動するポイントである）連なる赤石山脈の稜線《りょうせん》も、各地点でそこにあるべき名山の数々も、きちんと名乗りを上げている。この時期ならではだ。こんな楽しいものはないと思うのに、このとき周りを見渡しても誰も興奮どころか窓の外に注意を向けることすらない（たまにそういう人を見かけるととても嬉しくなる）。関西に住んでいた頃、飛行機に乗ると伊丹空港着陸前、必ず前方後円墳の形がはっきり見え、何度見てもすごいなあと目が釘付けになったものだし、初めて北海道へ行ったとき、五稜郭の形がまさしく五稜郭であると現れたときは嬉しさのあまり近くに座っていらした（同じ目的の旅だった）河合隼雄氏の方を向いて、「先生、あれは五稜郭じゃないですか。本当に写真と同じ」と声をかけた。が、近辺のビジネスマン（？）たちには「当たり前じゃないか（馬鹿じゃないか）」と爆発的な嘲笑（だったと思うのだ、被害妄想的だが）をされた。そこで、河合氏はどうしたか。「そや、すごいなあ」とその嘲笑を打ち消すように（実際、打ち消された）腰を浮かせて窓の外を凝視し、いっしょに感動してくださったのだった。

あの方々の場合もそうであったのかはわからないが、どうやら世の中には人が自分より幸せそうにしているのを見ると損をしたような気になる人びとがいるようだということも、長い年月の間に学んだ（だがその幸せを言祝《ことほ》ぎ、倍増してくださる方々もいるので、世の中はトントンにできているのかもしれない）。自分と異なる価値観を持った人間が存在するということに対して寛容になれないのは、相手が家族の場合に発生しやすい「焦り」のような気がする。自分の価値観の修正を迫られているような危機を感じて焦るのだろう。歳をとると、人間が丸くなるどころか、若い頃にちらほら現れていた偏狭さがますます尖《せん》鋭《えい》化してくることがある。家族を自分の延長線上のものとして、手足のように動かしたいという欲求が強くなるようだ。自分の考えと違う行動を取ることが我慢ならない。だがそれは単なる人権蹂躙《じゆうりん》であり、無論のこと、愛ではありえない。家族レベルでなら「お父さんひどい」とプンプン怒って席を立てばおしまいで済むことも、国レベルではそうはいかない。ロシアとウクライナは家族でももはや兄弟国でもない。肥大化するエゴの、寒々とした孤独がはっきりと見え、やりきれない。

4

ウクライナ南東部のマリウポリで、六千人の人びとがロシア軍により強制移住させられたという。移住先は主にサハリンだそうだが、爆撃とは違う種類の悲嘆の予感に心が重い。

強制移住と聞いて最初に思い浮かぶのは、ロシア人作家プリスターフキン著『コーカサスの金色の雲』だ。一九四四年、モスクワの孤児院で日常的に飢えに苦しんでいた子どもたち五百人がコーカサス山脈の麓、チェチェンの村へ移送される。子どもたちは集団で生活するのだが、同じように移住してきた大人たちは村人の家を与えられる。この与えられた家に彼らが初めて入ったときの異様さといったら。丹精された畑の野菜や果実は収穫時期を迎えているのに手付かずのまま、家の中では鍋に料理が入ったままのような状態で、人間だけがどこにもいない。何もかも置いたまま突然退去させられた様子がわかる。あとで知ることなのだが、追い立てられたチェチェンの人びとは中央アジアやシベリアに連行、移住させられ、逃げた一部が山岳ゲリラとなってコーカサスの山に入り、夜になると降りてきてかつての自分たちの村を乗っ取ったロシア人を襲撃するのだ。その残酷な殺し方はそのまま彼らの怒りを表している。

オルガ・トカルチュク著『昼の家、夜の家』はポーランドとチェコとの国境の小さな町の話だが、ここはかつてドイツ領だった。強制移住とは意味合いが違うが、上からの命令で突如家を移らなければならなくなるのはいっしょだ。そのなかにドイツ人の老婦人が家事をしながら住んでいる家に、新しい移住者が戸惑いながら住み始める話が出てくる。老婦人はその家が彼女の人生のすべてだった。自分に何の科《とが》もないのに慈しんだ家を置いて出て行かなければならない理不尽を、受け入れられるわけがない。追い出されるドイツ人たちは大切な家財をあちこちに埋める。宝探し気分でそれらを掘り出そうとするポーランド人たち。生まれ育った家を見るためだけに国境を越えてやってくるドイツ人もいる。

大陸ではしばしばあった、そういう「上からの命令で移住を余儀なくされた人」の心情のリアリティーには、山崎佳代子さんの『パンと野いちご』でも触れられる。長年住み慣れた地所は作物を作るに土壌が貧しく、いろいろ条件が悪い土地柄で、新しくあてがわれたところは豊かな場所だったが、家族のなかの高齢の父はついになじまず、長く暮らしたその貧しい土地に帰って死んだ。入った家が豊かであればあるだけ、その家に住んだ人々の愛着と幸せを感じ、その家を突然手放さなければならなかった彼らの無念を、悲しみを、怒りをひたひたと感じる……。人間はそういう、数字だけの足し算や引き算では説明のつかない「思い」のなかで生きている、それを無視されては生きる力が根こそぎ奪われてしまうような「思い」のなかで。権力者側の、ただここの奴らをこっちに、代わりにこっちの奴らをそこに、と、無造作に決められた政策に従わなければならない民衆の、「一生をめちゃくちゃにされる」怒り。洞察力も想像力もない人間たちが権力を握り、都合で断行する政策の恐ろしさ。

5

桜前線という言葉の通り、桜の開花日というものは気候が暖かくなるにつれ、概《おおむ》ね南から北へ移っていくものと思っていた。

久しぶりに南九州で春を過ごして、記憶にあるこの地の桜の美しさが今回のそれと一致しないのに気づいた。きっと一番見頃の時期がまだなのだろうと思っていたが、忙しさでばたばたしているうちにも、ふと目にする桜の並木などはいかにも満開の様子なのに、どこかあの酔いしれるような「圧倒される完璧さ」のようなものがなく、これでもう精一杯です、という自信のなさを感じてしまう。昔はソメイヨシノの人工的な美しさがもう一つわからずヤマザクラのニュアンスのある色合いにうっとりしていたものだったが、ソメイヨシノとヤマザクラに対するときは鑑賞する脳内回路をそれぞれ違《たが》えるべきという認識を得てからは、素直にソメイヨシノを綺麗と思えるようになった。しかし今回、南九州のヤマザクラもソメイヨシノも昔ほど感嘆できなかった。一本あたりの花の数が少ないように見える。開花宣言や満開予想日なども東京より遅く、気になって調べてみると、ここ三十年ほどはほとんど毎年、この地の桜は東京ばかりか他の九州のどの地よりも飛び抜けて開花が遅いこと（若干の例外はあるにしても）がわかった。春が来て暖かくなれば桜が咲くという単純なものではなく、桜が美しく開花するには、厳しい冬の寒さが必要なのらしい。種を発芽させるために一旦冷蔵庫に入れて冬を経験させる話があったが原理はあれと同じ、低温刺激を経験させなければならない、ということなのだろう。その「低温刺激」となるような厳しい寒さが、この地の冬にはもう、なくなってしまったのだろうか。そういえば山小屋を建てて三十数年になる霧島にも、建てた当初、かなり雪が積もったこともあったが、それ以来あんな冬は経験したことがない（ただ私がそういうときに来ていないだけであるのかもしれないが)。ソメイヨシノの南限は屋久島あたりで(沖縄の桜は主としてヒカンザクラ)、近い将来、南限はもっと北上してくる可能性が高い。違う意味での「桜前線」が日本列島を駆け巡るかもしれない。ただ、今に至って花冷えというのか、南国なのにここしばらく寒い日が続き、春仕様の衣服しか持ってこなかったので困っている(関東も雪さえちらつく寒気の戻りがあったとニュースで知った。東京を発つときは暖かい日が続いていた。天気予報も楽観的に見て、しばらく面倒をみることができない観葉植物を陽の光に当てるため外に出したままで来たことを、後悔している)。三寒四温は三寒四温なのだ。

厳しい寒さが春の美しい花を咲かせるといっても、だから厳しいしつけが人格形成には必要だとか、不遇な時代が成功への道を作るのだとか短絡にはいうまい。熱帯にも美しい花は存在するわけで、優しく育てられた人格者も、恵まれた道を歩み続けた成功者もいるだろう。ハイビスカスを冷たい霜にあてたら枯れてしまう。ただ桜はそういう、低温刺激で美しく咲く種類の花を持つ樹木なのだ。そして美しく咲かないこと自体は、ほんとうはさして問題ではない。

第五章

二〇二二年五月——九月

失ったものと得たもの

I

この辺りには魚の移動販売があり、その車が近づくと童謡の「かわいい魚屋さん」が界隈に鳴り響くので、いつもなんとなくそわそわする。今日も午後の母のケアが一段落してぼうっとしていると、その歌の二番の歌詞の最後に歌われる、「今日はそうねえ　よかったわ」という声になんだかしんみりした。

「かわいい　かわいい　魚屋さん／てんびんかついで　どっこいしょ／今日《こんち》はよいよいお天気で／こちらのお家《うち》じゃ　いかがでしょ／今日《きょう》はそうねえ　よかったわ」

このよかったわのところを、「よっかあったわー」とのびのび朗唱するのだが、間に「そうねえ」という間があることで、「きょうは間に合ってます」という味も素っ気もない意思表示に「いろいろ考えたけれどやっぱり今日のところはご遠慮するわでも明日はお願いするかもしれないそのときはよろしくね」というニュアンスが入る。こういうのが文化だなあと思う。古語や方言には一つ一つの言葉にこういうニュアンスが山と積まれており、単なる記号と違うところなのだと――この歌自体は古語でも方言でもなんでもないのだが――聞き惚れる。だが、日本語学習初心者は混乱するだろう。「よかった」という言葉がIt was goodという意味ではなく、いらない、必要ないという意思表示にもなるということに。

「自分の今の状況はそれを必要としていない＝不便を感じていない＝今の状況で満足している＝よかったわ」という機序をとっさに呑み込むというところに文化の特質がある。そういう類いの特質は他の言語圏にもそれぞれ独自のものがあり、語学を学習することの醍醐味《だいごみ》の一つであろうと思われる（英語圏ではNo thank you、あるいは「自分はそれを必要としていない、不便を感じていない」というところからenoughという言葉にたどり着きはしても「よかった」にはならない気がする。強いて言及を続ければ、そこを飛ばして、むしろ「私はそれなしでhappyだから」となる……？　ということは、そのときのコンテキストによってhappyは「間に合ってる」と訳してもいいのかな……）。

閑話休題。例えば一日の半分以上寝たきりの母であるが、誰かがくしゃみをすると反射的に憮然《ぶぜん》とする。それは「風邪をひいていないか」という心配を地下深く経由して（この細やかさは表に現れない）、「不用意に薄着をしていることをしっかり叱らねば」に直結する母らしさであることを家族は知っている。その文化圏に生い育った者にはそれを読み解くコードが自ずと備わっており、たとえ音声での言葉が消えても、物言わぬそのコードだけは残っていて、その川筋に沿った認識の流れのようなものが存在自体にその人らしさを滲ませている。それまで消え失せてまるで別人のようになったとしても、それはいつも背後に端然と構えていて、ふとした折にその顔を覗かせる……。廃用症候群などという病名を考えついた学者には一顧だにされない非合理な考え方であろうけれども、人間の尊厳というものは、そういうことであろうと確信している。

2

久しぶりに東京へ帰ってきた日、いつも野菜を送ってくださる農園から宅配便が届いた（その日に帰ってくると出発前に知らせてあった）。開けるといつもの野菜の他に、「遅くなったので可食部が少ないけれど」と、山ウドも入っていた。これは畑で作られたものだけれどいかにも山菜の風情で、展開しかけている葉まで春先の「力」を秘めているようだった。

くたくたに疲れていたのだが、それを見ると思いもかけない方向からエネルギーを注がれた気分になり、反射的に台所に立った。山菜関係は、早く処理しなければ自分自身のアクにやられてしまう。確かに「少ししかない」茎部分、包丁の刃を軽く当てて産毛を落すと、ウドの香りが辺りに立つ。普段であればウドの皮をきんぴらにするべく厚く剝くのだが、そのままスライスして酢水につける。柔らかいので皮ごと生で、酢味噌と和えることにする。茎よりも、今まさに伸びようとしている葉の部分が圧倒的に多い。赤紫の、生まれたばかりの赤ん坊のような色を見ていると、このまま捨てるなんてことはできない。ちょっと考え、ザクザクと切ってごま油で炒め、蕗味噌の要領で味噌と味醂《みりん》、砂糖も少し加えて仕上げに白胡麻を散らす。

あれほど疲れていたのに、山ウドと付き合っているとその香りや手触りにすっかり疲れがほぐれて消えてしまっているのに気づいた。自分は山菜や茸の下処理が好きな人間らしいということは知っていたが、そのことから実際エネルギーをもらっていたことまでは思いつかなかった。そういえば介護生活の合間、用事があって霧島の小屋へ行ったとき、ワラビが一面に芽を出しているのに気づき、そんな時間はないと思いながら結局結構な量を摘んで薪ストーブの灰をまぶし、熱湯をかけ、他の用事を済ませて再び介護の現場に戻るまでの間にアク抜きを済ませ、持って帰ったことがあった。その晩の食事に出したワラビを、母は全部食べてくれた。いつになく晴れやかな顔だった。大地の力は偉大だ。

　ウクライナの戦地となってしまった土地で、国外へ逃げることもできず自主防衛しながら暮らす人びとの映像を目にする。廃墟のような避難所の屋外で、かまどを作って大鍋で何かを煮炊きしている映像も。それは比較的、攻撃が止んでいるところでの映像なのだろうけれど。

　ユーラシア大地の東の端、ウラジオストク辺りも、春先はワラビを摘んで料理をする。市場にワラビの束が売られているのも目にした。ヨーロッパ圏に近いウクライナなら、他のヨーロッパの国々のようにイラクサのスープを作るだろうか。春先、芽生えたばかりのイラクサは、刺もまだそれほどではなく早緑が鮮やかで、滋養に富んだ食材になる。戦場にあっても、何かを工夫して煮炊きする瞬間は、そのひとにとって掛け替えのない日常の回復になると信じたい。ロシアとウクライナが戦い合っている同じ場所、違う次元で非日常が日常を駆逐しようとしている。けれど何千年もの日常の蓄積が、そう簡単に殲滅《せんめつ》されるわけがない。必ずひとを、支えるときがくると、唱えるように強く思う。

3

所用があって琵琶湖へ行かねばならず、もろもろの必要のため車で出かけたが、一時間半ほどかけてようやく海老名SAあたりに達したとき、恐ろしい事実に直面した。今回の用事のためにどうしても必要な実印と財布を、忘れていた。いくら私が間が抜けているからといってさすがにありえない話で、SAに駐車して探したけれどもやはりない。愕然としたが、取りに帰るしかないので厚木ICで降りて反対方面へと乗り直す。行きで「ああ、やっと（ここまで来たか）」と通り過ぎた「綾瀬市」の表示板を、「ああ（まだここ）」と今度は反対車線から虚しく眺める。その日午前中に用事があり、もともと出発も遅かった。やっと都内に戻ると幹線道路はすでに夕刻の渋滞が始まっており、帰宅して肝心のものを手に取り、再出発する頃にはすでに日が暮れかけていた。海老名まで一時間半かかった道のりを、三時間かけて戻る。その間「ばかばか」と自分を責める声は出航のドラの音のように脳内で鳴り響き、止むことはなかった。そしてまた綾瀬市の表示板。

今回の琵琶湖行は東名・御殿場から新東名に乗り、小牧で名神に乗り換え、彦根で降りて彦根城を見ながら湖岸道路を走るつもりだった。それなのに、御殿場のずっと手前で突然「新東名」の表示板が出てきて驚く。半信半疑ながらも思わずそちらへハンドルを切る。

真新しい道路だった。そして人っ子ひとりいなかった。高速道路だから、人が歩いていないのは当たり前にしても、走っている車さえほとんどなかったのだ。トンネルに入るとまるでSFの世界。このまま宇宙船へまっしぐらの展開にしか思えない。心細いこと限りなく、しかし所々に「新東名」の表示があるので、新東名には間違いがないはず、でもなぜ？と焦りながら灯り一つない周囲の山々の漆黒の闇のなかを走る。ついに道路終了のサインが見えたときの衝撃。料金所を通過したときも半信半疑。誰かに訊こうにも誰もいない。料金所を出てすぐのところに「間違って入った車両のための待機場所」というようなことが書かれた駐車場があった。しかしここも人けがなく、仕方なく山道を走り始め、紆余曲折はあったが何とか東名へ戻った。この時点でまだ神奈川県だ（後でわかったことだが、私が走ったのは、このほんの十日ばかり前に開通した新東名・伊勢原大山IC〜新秦野ICの区間であった）。

今回の所用というのは、琵琶湖の仕事場を処分することだった。結局名神にも乗り損ない（こんなことは初めて）新東名を四日市方面へ、鈴鹿を経て滋賀県の栗東《りっとう》で降りる羽目になった。午前二時、地元の道を走っているとき、大きなタヌキが急に車の前を横切り、轢《ひ》いた、と覚悟したがうまく逃げてくれたらしく、衝撃がなかった。結局いつもの倍以上の時間をかけてなんとか仕事場に辿り着く。加齢によるうっかりか、それとも最初から狐《こ》狸《り》の仕業か。明けゆく琵琶湖の浜辺の、うつくしさと荘厳さ。時間をかけて挨拶した。

4

琵琶湖を発つ日はその数日間で一番の快晴だった。もう手放した仕事場は、冬になれば窓から琵琶湖の向こうに浮かび上がる伊吹山の山容や、雪でくっきりと際立つ比良山地の稜線が見え、建物を出れば鈴鹿の山々が望めるところだった。ずいぶん以前のことだが、晴れているのに霧雨の降る、狐の嫁入りのような天気の日、小さな虹が五つほど、湖のあちこちに立っているのを見た。湖上には複雑な気流が発生しているというのは聞いたことがあったが、それに太陽光線の乱反射が関係したのだろうか。あれ以来そういうものは見たことがないが、朝な夕な、刻一刻と移り変わる景色にはいつも心打たれた。

帰りは中央高速を通って八ヶ岳へ向かった。行きと違いスムーズに、何一つ間違うことなく目的地に辿り着いた。旅というほどのこともない移動。このように日本国内での「移動」では、ほとんど何の不安もなく、風景やそれが引き起こす「もの思い」に百パーセント耽《ふけ》ることができる（前回のように真夜中の高速で予定外の土地を走るのでなければ）。

それに比べ、初めて行く外国での移動、空港でのトランジット、国境を跨《また》ぐ列車を探すときの緊張感やうっすらとした不安は、何度経験しても慣れることはない、一人旅につきものの旅の醍醐味ですらある。それだからこそ心に刻み込まれるのだろう。平時であればその程度ですむだろうが、非常時だとどういうことになるのか。

ウクライナの人びとのことが、連日頭から離れない。ロシア軍に捕まり、尋問され、最初に発声する言葉でそれこそ生死が分かれる可能性があるとしたら、何というストレスであることか。応じる言葉は、(両方話せるとして) ロシア語がいいのか、かえってそれはだめなのか、話すアクセントでどの地方の出身だということがわかったらどうなるのか……。強制連行され、シベリアに送られるのか、サハリンか、監視の目を盗んであの列に並んだほうがいいのか、動かないほうがいいのか、何をしても致命的な失敗をしたのかもしれないという後悔が付き纏うだろう。避けようのない理不尽は、ミャンマーでもシリアでも。

八ヶ岳にはもう、南の国からキビタキも到着していた。けれど時ならぬ寒さのせいで、見たことのないほど膨れ上がっている。まだ彼らの囀りを聞いていない。こう寒くては、囀る気分どころではないのだろう。私も到着してからずっと薪を焚いている。だがそろそろカッコウやホトトギスも到着するだろう。琵琶湖からまっすぐ八ヶ岳に来たのは、何より鳥たちの囀りが聞きたかったからだ。私にとっては生きるエネルギーの充塡なのである。今年は特に、自分がまるで吸血鬼のようにそれを欲しているのがわかる。鳥の囀りは生の喜びの発露だ。年を経るごとに、しみじみとそう思うようになった。

どんなに悲惨な状況が繰り広げられていたとしても、ウクライナの青空には今年も雲雀《ひばり》が飛び、高らかに鳴くだろう。そしてそれを聞いて、ああ雲雀が鳴いている、去年と同じように鳴いていると思うひとがいるに違いない。ロシア兵のなかにも、必ず。

5

コロナ自粛のため、霧島に来ている。東京を出る直前に受けた検査は陰性だったのだが、念のため空港から霧島の山小屋に向かい、ここでしばらく滞在したのち、介護の現場に向かう。

考えてみればこの梅雨前の時期、霧島にいたことはほとんどなかったような気がする。到着し、小屋中の窓を開けると、すぐにストーブに火を入れた。山小屋は夏でも、久しぶりに使用するときはすぐに薪を燃やすのがいい、と聞いたことがあったが、それを実感した。変な湿っぽさに浮遊するカビの胞子などが混じっているのか、何か人体に敵対する気配を感じるのだ。具体的にいうと、無数の「冷え」の小型カプセルが、皮膚を直撃するような。それが掃除をし、薪を焚いたりしているうちに、乾いた、こちらに友好的な空気に変化していくのをひしひしと感じる。若い頃はその閉め切った山小屋特有の「敵対する湿っぽさ」も平気だった。自分自身の発散するエネルギーで小屋内の空気を調節して感受していたのだろう。科学的根拠は何もないが。

年齢を重ねたり、大病をしたりすると、自分自身の生体エネルギーのようなものが落ち込む（具体的には免疫力などが）。だから代わりに、若い頃には要らなかった一手間が、生活に求められる。春夏の山小屋生活を、薪を焚くことで開始するのも、私にとってはその一つになるのだろう。

杉の枯葉を二摑みほど（素手ではちくちくして無理なので、火バサミで）庫内に敷き、その上に焚きつけ用の細い薪を組んで、火を付ける。実家の庭の杉の木から落ちる、大量の枯葉を持ってきてあった。炎が落ち着き、熾のようになった杉の葉はうつくしい。暗い庫内でレース細工のような杉の葉が、ニュアンスのある赤色に発光し、端から白く変化していく。

夜半、眠りが浅くなって半覚醒の状態でいたとき、窓の外、闇の奥で、谷川の瀬の音をバックに、寝ぼけたような、でも紛れもないアカショウビンの声が二声、聞こえた。アカショウビンだ、と思い、途端に覚醒して耳を澄ましたが、もうそれ以上聞こえなかった。夜が明け、太陽が中空に差し掛かろうとした頃、昨夜よりもっと近くで、はっきりと、アカショウビンの囀りが聞こえた。アカショウビンは四十年以上前、私がバードウォッチングに興味を持つきっかけになった鳥である。けれど以来、なかなか会う機会がなかった。近くにお住まいの方が窓にぶつかって脳震盪を起こしたアカショウビンを介抱したと、写真を見せていただいたことがあるので、この辺りに来ることはわかっていた。だが梅雨前のこの時期、私がここを訪れたことはなかった、今までは。

小屋を出て、森へ散歩に行くと、日当たりの良い林縁に、びっしりと実をつけたみごとなナガバモミジイチゴの群落を見つけた。それは十五メートルほども続いていた。幼い頃本で読んで、木苺という美味しいものが山にあるのだと知って以来ずっと、憧れの苺だった。人生で初めて当たりを引き当てたように、自分の幸運が信じられなかった。森のなかからクロツグミの凱歌《がいか》のような歌声が聞こえた。だがこれはソウシチョウだと、後でわかった。

6

「夏は来ぬ」の歌が好きで、梅雨間近の頃、純白の小花の爽やかな集合体であるウツギの花（卯の花）を見かけると、いつも口ずさんでしまう。

卯の花の　匂う垣根に／時鳥《ホトトギス》／早も来鳴きて／忍音《しのびね》もらす／夏は来ぬ（作詞佐佐木信綱）

こんなに好きなのだから家の生け垣の一部にでも組み入れられたら、と調べてみると、ウツギの木はよく「暴れる」のでまとまりにくく、垣根にする場合にはよほど剪定をこまめに保たないとならないとわかった。さらに調べると『枕草子』能因本第二〇三段に、車（牛車）を進ませていくと山里めいた風情のある道に出て、「うつぎ垣根といふ物の、いと荒々しう、おどろかしげにさし出でたる枝どもなどおほかるに」とあるのに行き着いた。平安時代にはむしろ、その田舎びた感じが野趣ありと愛されていたのかもしれない。同書第四四段では、卯の花について「（花自体はどうということもないが）郭公《ほととぎす》の陰に隠るらむと思ふに、いとをかし」、ホトトギスが（卯の花の花陰に）隠れているだろうと思えば情趣がある、といっている。おお、ここでもホトトギスがウツギに、とそれこそ「情趣深く」思った。というのも「夏は来ぬ」を好んでいながらいつも引っかかっていたことがあったのだ。

ホトトギスは果たして卯の花の垣根にやってくるのか、という疑問であった。

私の知るかぎり、ホトトギスは高木の枝の上で気持ちよさそうに「てっぺんかけたか」と歌い上げる孤高の鳥で、ウツギの垣根などという低くてひと気の多い市井の場所には降りてこないように思うのだ。この機会に、と、さらに調べてみた。万葉集のなかで卯の花を歌った歌は二十四首、そのうちホトトギスも出てくるものが十八首。卯の花の咲く季節は晩春が初夏に変わり始めた頃、同じ頃にホトトギスも渡ってきて鳴き始め、その歌声が卯の花の咲く上空で響き渡っている、それを背景にした歌がほとんどで、卯の花の木、つまりウツギに止まって鳴いているホトトギスを歌ったものはない。もしかして、「卯の花の匂う垣根にホトトギス早も来鳴きて」というのは、卯の花とホトトギスが時節の風物としてセットで脳内に入っていた佐佐木信綱氏の幻想なのかもしれない。そして清少納言もまた、そうだったのだろう。フィールドでの教養より書物による教養がまさったのだ。

ちなみに万葉びとの自然観察眼というのは鋭くて「鶯の卵の中に霍公鳥《ほととぎす》独り生れて……」という長歌もあり、托卵の習性を知っていたことがわかる。ホトトギスもまあ、そんな頃から今に至るまでずっと育児放棄し続けてきたのかと呆れるが、現実にはもっともっと太古の昔からの習いで、別の見方をすれば、そういう遥か昔からＤＮＡに叩き込まれた、正真正銘、筋金入りの「孤高」なのだろう。彼らの失ったものと得たもの、と考えると、因果の根は深そうだ。

滴るように伝わる

I

取材で滋賀県の奥永源寺——政所《まんどころ》を中心とする——を訪れた。

愛知《えち》川沿いのその地域は、拙著『冬虫夏草』の取材も含め、それまでも何度か訪れたところだった。「もうまるでここが第二の故郷のように感じられます」といっていた、当時道行をともにしてくれた今は亡き編集者の面影が、村を歩くさまざまな一瞬に蘇る。もう十年ほど前のことだ。彼女はその作品が本になる前、連載していた雑誌の担当編集者だったので、それこそ資料集めや関係者への取材のアポイントメントなど一から手配してくれ、私たちは地元に、この「土地」に、コミットして行ったのだった。

今回現地で案内をしてくださった蓮さんは、地元で政所茶のプロデュースをなさっている方で、大学時代、地域活性化が主なテーマの実習でこの地に縁を持たれた。担当教官から「あなたこれ好きだよ」とここが舞台のその拙著を渡され、やがて古民家を借りて移り住むまでになったのだという。そしてその同じ本を読んだこともきっかけになって当地を訪れた太郎さんと知り合い、結婚、四カ月前に赤ちゃんが生まれたばかりだった。そのことを今回の仕事先から知らされ、退院後控えていた出張仕事を、初めて引き受けたいと思ったのだった。

ちょうど梅雨入り宣言が出るか出ないかのときで、山里は緑濃き山懐にしずもれる、という表現がぴったりの風情だった。

蓮さん夫婦の住む古民家は未だに茅葺《かやぶき》で、現役のおくどさんでご飯を炊いてくださった。煙かった。煙が出ていく煙突がないので、煙は茅葺の隙間を通って空へ出ていく。外から見ると、茅葺の屋根からもやもやと湧き出るように煙が出ていくのがわかる。そうやって、茅の殺菌もしていくのだろう。炊き上がったご飯は、本当に、一粒一粒が垂直に立っていた！　昔英国で、日本のおいしいご飯の炊き上がりの形容に、「米が立つ」というのがある、といって、どうやって立つんだ、と訊かれ、いや、実際にまっすぐ立つわけではなく、一粒一粒がふっくらしてクリアーに見えている様子をいうのだ、と説明したことがあったが、私はなんともの知らずだったのだろう。現実にこんな現象——米粒が立つという——があり、そのことをいっていた表現だったのだ。ご飯粒は、ほんとうに、天を指して垂直に立つのだ。しかも、一斉に、釜の中で立つのだった。自分の無知を自覚するのに四十年かかった。

ご夫婦の愛娘、瀧《りょう》ちゃんは生後四カ月。圧倒的にお年寄りが多い村で、皆から慈しまれている。そのせいか、何事にも動じず、おおらかで、媚びがない。溢れんばかりの愛情をいつもたっぷりと注がれているので、愛にガツガツしていないのだろう。

ここに今は亡き彼女がいたら、どんなにこの成り行きを楽しんだことだろう。どういう作品になるか、まったくわからない頃から文字通り、あちこち走り回って縁を繋いでくれた彼女のおかげで一つの作品が生まれ、亡くなったあと、その作品が在って今があるといってくれるご夫婦から、新しい命が生まれた。血縁とは何も関係のないところで、命はこういう風にも繋がっていくのだと、愛知川の清らかな、そして凄烈な流れを見ながら、思った。

2

川面に霧が立つのではないかと、奥永源寺で迎えた朝の早く、私たちは川へ向かって緩やかに下り坂になる村の細い小径を急いだ。何となれば政所は銘茶の産地で、銘茶の産地に霧はつきものだから、一株一株が手作りのような味わいのある政所の茶畑に、霧がかかる景色を見たいと思ったのだった。

しかし残念ながらその朝、霧は立たなかった。けれども清流の流れる谷間に、アカショウビンの声が繰り返し響いていた。深みのある、もの哀しい音色。気づくといつもハッとさせられ、聞き惚れる。だが森深い渓流にいるのが常で、現実にその声を耳にする機会は滅多にない。それが今年は、霧島の山小屋に続き、二回目だった。

政所は山深く、平地が少ないので、茶畑といっても家庭菜園のような風情だ。いわゆる大規模生産地のように、規格化された（細長いロールケーキのような）茶の木の列が続くわけではなく、一列になっているところも一部あるが、大抵は一株一株、巨大なキャベツのような存在感で「生えている」。この「生えている」感には根拠がある。

一般的な茶畑の茶の木は、挿し木で増やしたものが大半だが、ここの茶の木は実生で育ったものなのである。挿し木の場合、根っこは細く横に広がるが、実生の木はゴボウ根のように深く地中に伸びていく。五十年ほど経って芽吹きが悪くなると、台刈りといって根本近くまで切り詰める。そうすると再び新しい枝葉を出してきてくれるのだ。蓮さんは「この長いゴボウ根が地中のミネラル分をたっぷりと吸収してくれます。政所茶を飲んだときの余韻の長さは、このゴボウ根の長さに比例しています」というようなことを（正確ではないが）おっしゃった。政所茶をいただくと「すごく余韻があり、幸福感が長く続きます」と同行のスタッフも呟いていた。

ここの川の水は琵琶湖に注ぐ。近畿の水瓶である琵琶湖に繋がるこの大地を農薬で汚すわけにはいかない、と、近隣の畑はほとんど無農薬有機農法で営まれている。茶畑に足を踏み入れると、山の落ち葉が乾燥した、いい匂いがした。この落ち葉や茅を畝《うね》（？）と畝の間に鋤《す》き入れ、鍬《くわ》で軽く耕すことを、「土をかじる」というのだと、九十代のご婦人たちが教えてくれた。頭脳明晰、笑顔のとびきり素敵なご婦人たちの健康は、倦《う》まず弛《たゆ》まず、こうして土を「かじ」ってきた毎日の成果だろう。そのなかのお一人、きしさんは、ご自分の丹精されている菜園に案内してくださり「空気も水も、ここより大変な東京に帰らんとならんのじゃろ、これも持っていき、あれも持っていき」と、惜しげもなく土のなかから玉ネギを引き、キュウリをもいでくれたのだった。

帰宅してから食事のたび、きしさん御丹精の梅干しをいただいている。塩分何パーセントなどまるで気にしていない、昔ながらの、塩と赤紫蘇だけで漬けた実直な梅干しだ。それがありがたくおいしく、口に入れるたび、滋養というのは栄養分だけではない、何かを伝えるものなのだとしみじみ思う。

3

前々回、蓮さんと太郎さんのお宅でいただいたお釜の米粒が、文字通り「総立ち」になっていたことを書いたが、おくどさんでたびたびお米を炊く蓮さんたちにしても、それは「初めて見る」光景だったらしい。蓮さんは、そのとき大切な頂きものの柴《しば》を「焚きもの」にしてくれていた。その火力だったのかも、という。

その柴は近在にお住まいのいささん（九十一歳）のご実家の厨子《つし》（中二階の屋根裏、主に物置として使う）に仕舞い込んであったものだった。いささんがまだ十五、六歳の頃から結婚された二十五、六の間、毎日丹精して山で「負いねて」来た柴の束で、かれこれ七十年ものだ。ご実家が修繕されるに当たって降ろしたその柴束の一部を、蓮さんたちがお裾分けしてもらってとっておいた、文字通り「とっておき」の焚きものだったのだ。いささんが「負いねて」来た柴、と蓮さんは呼ぶ。「負いねる」という言葉には、せっせと柴を刈る動作やそれを束ねる動作、背負って前屈《かが》みに山から運んでくる動作のすべてを彷彿させる力がある。こういう言葉に出会うと、方言はその土地の風土、培って来た文化そのものだと思う。いささんは「私ら、蚕さんの桑の葉や牛の食べる草刈ったり、家の手伝い、そんなんばかりしてたの」とおっしゃったそうだが、九十一歳、なんというか、尊さに涙が出そうだ。当時、都会の働き手需要に応え、村を出られた住人も多かっただろう。その方々が日本の高度経済成長を支えた。けれど地元で頑張り続けた方々もいてくださったおかげで、今日本全国で風前の灯になっている山里が、かろうじて残っているのだ。そしてそこは、もはや原型的な日本のふるさとになりつつある。

さて太郎さんが竈《かまど》の前に屈み込み、火吹き筒でふうふう吹きながら焚いてくれたその柴は、しかし初めのうちは非常に煙かった。途中で皆、退散したほど煙かった。七十年の年月……ほとんど戦後の年月がその煙のなかに現れていたのかもしれない。そして三十代前半の太郎さんと蓮さんご夫婦の在り方に、その煙の最先端があったような気がする。

政所茶に魅せられ、この道、と決めて一人で政所に移住して来た蓮さん。その蓮さんに共感して共にここでの暮らしのなかで生きていくときめた太郎さん。この太郎さんの、今あちこちで物議を醸している（特に政界で）マッチョで封建的、男尊女卑的な言動を引き起こす「俺が俺が」の「在り方」とは正反対の、するべき（とご本人が思われた）ところではサポートに徹し、爽やかな笑顔の奥に芯の強さがほの見える、飄々として確固たる存在感――これこそ、新しい男性性というものではないかと感じ入った。そして蓮さんもまた、そういう太郎さんとの出会いを心の底から幸運だったと思われていることが、素直に伝わってくる。どちらが偉いとか従属すべきなどということは、彼らの関係性にはまったくない。戦後七十年で、従来の男性性も女性性も木っ端微塵に否定されてきた。暗中模索のなか、新しいモデルを見つけることも提示もできず、悶々たる思いもした。けれど若い世代の頼もしさよ、こうして答えは、肩肘張らずに出つつあるのだ。

4

最初に「あれ?」と引っかかったのは、いつもコーヒーを作るキッチンの窓辺に数ミリの黒ゴマ状のものをいくつか、見つけたときだった。コーヒーの粉がこぼれて落ちているような、そんな風情で。人生の長い部分を自然観察に費やしてきた身として、それが小動物の糞であるということはすぐに直感した。だがややこしい状況(それらの侵入経路の探索だとか)に陥りたくなかった私は、その直感が当たらないことを願い、粗挽きのコーヒー粉が落ちている可能性について、未練がましく検討していた。そのときは久しぶりで八ヶ岳滞在へと赴いた、最初の日で、前回小屋を去るときは一応の掃除はしていったので、粉が散ったままにしておくことはないはずだった。けれど齢《よわい》を重ねるごと、「○○しているはず」に自信がなくなってきている。その「あまり確信はない」辺りに「かけた」

といってもいいかもしれない。

　黒ゴマを引き延ばしたような、小さな小さな「それ」を見たときから、ヒメネズミのものだと、実はもうわかっていた。にもかかわらず、ヤマネだったらいいな、とか、ゴキブリは困る（こんな寒いところにはいないだろうが、ゴキブリの種類のなかには山に棲むものもある。それは家のなかには入ってこないだろう、でも何か間違えて入ってきたのか）とか。いろいろ考えているうち、他のことに気を取られ、あまり気にならなくなった。その滞在の後、しばらくして再び山小屋を訪れたとき、テラスに面した窓の近くに置いていた、小鳥用のひまわりの種の入った袋が食いちぎられ、中身が少し、食べられているのに気づいた。「それ」の落とし主がついに、「存在の証拠」を残したのだ。一つ一つの噛《か》み跡は、私の小指の先よりも小さい。いよいよヒメネズミである疑いが濃厚になった。

　ヒメネズミは森や野原に住む、小さな野ネズミだ。可愛らしく、長い尻尾でバランスをとりつつ木の枝も駆け巡る。様々な絵本の主人公にもなっている。もちろんヒメネズミには会いたかったが、夜行性の彼らに会える可能性は低い。それに九分九厘そうだと思ったにしても、指紋を照合したわけではないのだから、現場を押さえなければ、冤罪《えんざい》の可能性もある。そんなこんなで「山小屋を共有する私の知らない誰か」が何か、についてすっきりしないまま何ヶ月も過ぎていった。

それが先週、明日で東京に帰るという夜のこと。ＣＤのヨーヨー・マのチェロの調べに合わせたように、ストーブの薪置き場からさっと走り出すネズミの影を見た。ついに見たのだ。一年以上その存在を確信しながら見られなかった幻の存在を。何か決心でもしてきたようにその夜はあっちに走りこっちに現れする、すばしこくも可愛らしい姿。魅せられつつも、反射的に虫取り網を持った。捕まるわけがないのに。そして捕まえたとしてもどうしたらいいのか。山小屋がネズミの巣になるのも困る。いろいろなことが明らかになると、次の課題が待っている。

翌日、東京に帰る準備をしている最中、ラジオから安倍元総理が銃撃されたというニュースを耳にした。

5

いろいろなことが明らかになると次の課題が待っている。

以前からうっすらと察していたヒメネズミの存在であったが、こうしてもう逃れようもない（？）現実を目にすると、さあ、次に決めなければならないことが出てくる。共生するのか、彼らが家に現れないように手を打つのか。もともと森林に棲む彼らとの共生は、個人的には夢のような話である。けれど、彼らの侵入経路には押入れも含まれている可能性もある（後日判明するが、それはなかった）。押入れに仕舞っている客用布団に彼らが接触して、野生動物が宿命的に寄生させているダニなどが付いてしまっては困る。大切な客人たちに申し訳ない。かといって、駆除というのは心情的にとても無理だ。とすると残された道はただ一つ、侵入経路の遮断しかない。

しかしそのために割く時間がもうなかったので、とりあえず彼らのお目当てのひまわりの種を幾重にも包装し、小屋をあとにした。課題は先送りだ。

出立の準備の最中、ラジオが安倍元総理銃撃のニュースを報じるのを耳にし、文字通り驚愕した。帰途の車中も、ラジオを付けっぱなしにして入ってくる情報に耳を傾け続けた。そして夕刻、帰宅して「死亡」の文字がテレビの画面に現れるのを見た。動揺した。これが動揺というものだとはっきり自覚するくらいに動揺した。泣き崩れるような悲嘆の感情ではない。思うに、あれほど日本国に「猛威」を振るった人物が、銃弾の一つ二つでかくもあっけなく頽《くずお》れ、生命活動を終えてしまう、その事実を目の当たりにした「諸行無常の響き」に、殴られたような衝撃を感じたのだ。そんなことは百も承知のつもりだった。しかし、「知る」ということには深さがあるものだ。多くの国民が同様の思いに囚われたのではないだろうか。ひとの命がこのような奪われ方をして良いわけがない、これは何かの間違いではないか、まだ助かる可能性があるのではないか、と。ただしこれは「動揺」であり、こんな「消え方」は違う、あってはならぬことだ、という一種のいたたまれなさではあっても、「彼を失って悲嘆に暮れている」のではない。ここを歪曲《わいきょく》され、政治的に利用されるのはごめんこうむりたい（国葬などという儀式で特定の悼み方を強制されたくない）。限りある生を生きるもの同士としての静かな感慨を持って、去りゆく彼の時代を送りたい。

戦犯と呼ばれた岸信介元首相の孫で、貧しさとは無縁の育ち方をされたひとだ。生きる世界も志向性も自分とは違う。彼が政治家にさえならなければ一生接点もないまま、その存在を知ることもなく、その人間性について考える機会もなかっただろう。けれど彼は家業を継ぎ、政治家になった。彼の政権中、社会に醸成されていった閉塞感の不気味さに、何度無力感を味わったことか。あの頃私は、カルト社会がつくられつつある空気をどこかで感じ取っていたのかもしれない。そう考えると、次々と明るみに出てくる事実が腑に落ちる。眼から鱗が落ちたような思いさえする。

いろいろなことが明らかになる。明らかになると、次の課題が待っている、はず。それを探そう。

目的は、「変化」そのもの、なのか

I

今回七月初旬の山小屋滞在では、コガラの姿を一度も見なかった。この時期は抱卵などで巣籠もりする鳥も多い。そのことは前もって覚悟していたので、コガラの件は寂しくはあったけれども、さほど驚かなかった。コガラと並んで常連の、ゴジュウカラたちの方は来るには来たのだが、どのゴジュウカラも目を疑うほどのやつれようで、最初は別の鳥かと思ったほどだ。普段はブルーグレーのシックな色合いの鳥なのだが、そのブルーの輝きが羽衣からすっかり消え失せ、パサパサと艶のない灰色、痩せこけて、人間なら鎖骨が浮き出ていそうに骨張っている。余裕がなく、息も絶え絶えに見える。もしかしたらまだ子育て中で、真面目なコガラたちより本来自由奔放な（？）彼らは、子育ての合間に少し、息抜きにやってきているのかもしれない。それだけの余裕ができたのか、それでもこの衰えようだとしたら、子育てというものはなんとエネルギーを要する苛酷なものであることか。コガラの今が心配だ。心配してもできることはないのだが。

自分のその頃を考えても「なんだかジャガイモの親イモが、子ジャガイモに養分を吸い取られて萎《しな》びていく感じ」としょっちゅう嘆息混じりに友人に話していたような覚えがある。良い悪い、したいしたくないを超えて、無条件反射的に子どもに献身する、DNAの力の凄まじさ。母性の素晴らしさを殊更讃える気持ちはないけれど、世話をしなければ死んでしまう子どもの命の前では、ひたすら無我夢中で自分の内部から衝き動かされる力に従うしか道は残されていないように思えた。

鳥の世界もいろいろで、夫婦で子育てに専念する鳥もいれば、雌獲得に驚くようなエネルギーをさき、獲得した瞬間から次の雌獲得に動き出す雄もいる。夫婦とも子育てを放棄するカッコウもいる。八ヶ岳の森で、人知れずコガラは、きっと目の前にいる雛のため、一心不乱に柔らかい芋虫などを運んでいるのだろう。

どんな家も問題を抱えている。問題を抱えていない家はない。だが親の献身が子どもに向かわず、外部のカルト宗教団体に向かう家庭の悲惨さは、今回の大事件で改めて思い知らされた。マインド・コントロールされた者は、まるでハリガネムシに寄生されたカマキリのようだ。脳をコントロールされ、自ら水辺に向かい（ハリガネムシが水中で産卵するため）、水中に飛び込み、何らかの餌になるなどして死に至る。

夏の森では、声の聞こえなくなった鳥たちも不在というわけではない。そしてまだ（もしかして次の？）お相手を探しているらしいキビタキやビンズイの、遠くからはホトトギスやカッコウの囀りも、絶えず聞こえてくる。個々の事情を裏に秘め、命がさんざめいている。彼らの生活は（人間が影響を及ぼした環境の変化以外）太古の昔からさほど変わっていないだろう。うらやましいわけではないけれど、ただただ敬意。

人間は、自然のデフォルトから、どれほど遠ざかってしまったのだろう。けれどこの外れ道を、試行錯誤しながら行くしかないのだ。

2

母の介護のため、この春からしばしば南九州に通っているのだが、ほとんどときを同じくしてこの家には私の他にも思いもかけなかった「通い」のものがいることがわかった。

それは今年五月の頃、庭の枇杷《びわ》の木に驚くほど大量の実がなったことに始まる。鈴なり、というより「みっしり」と、それぞれの枝の上で葉っぱを押しのけ、隙間もないほど押し合い圧《へ》し合い重なり合いして実がなった。食べれば甘くておいしいのだが、日々の状況はそれどころではなく、採る人のいない枇杷の実の集合体は、買い物からの帰途、遠くからでもその空間だけがオレンジ色がかった枇杷色（？）に染まっているのがわかるほどだった。当然、熟した順番に、これもまた豪勢に落ちていくはずだ。だがそれにしては落ちている実の数が少ないことに、そのときは不思議に思うゆとりもなかった。

あるときぼんやり庭に目を遣り、お隣との境のフェンスの間を、身をよじらせて入ってくる小動物に気づいた。その瞬間それがアナグマだと直感したのは、英国のアナグマ事情を書いた本『アナグマ国へ』を愛読していたせいもあったかもしれない。ネコでなくタヌキでもなく、それはアナグマだった。ぼうっとしていた意識が一気に覚醒して、瞬きも忘れ呼吸も止めて庭のその一点を凝視した。私に気づいたアナグマも動きを止め、こちらの様子を窺ったが、攻撃してきそうもないと判断したのか、枇杷の木の下までのそのそと歩くと、無心に辺りに散らばる実を食べ始めた。その後も連日、日に何度もやってきては間断なく落ち続ける枇杷の実を食べ続けた。両手を揃えて。ずいぶん長い爪だ。あれで土を掘るのだろうと、うっとりと眺めた。写真を撮るうち、訪れるアナグマはすべてが同一個体というわけではないことに気づいた。さらに二匹連れで来たり、小さな仔を連れて来たりした（その可愛らしさといったら！）。家は高台にある団地の外れで、道の向こうは樹々の繁る急坂になっている。たぶんそこに、アナグマは棲んでいる。そしてまず、お隣の敷地に入り、庭を横切って我が家にやってくる。お隣と話をする機会があったとき、アナグマのことを話すと、まったく気づいていなかったと驚かれた。

日本アナグマとヨーロッパアナグマは、顔の彫りの深さ（？）が違うように、人間との関わり合いの歴史においても、著しい違いがある。しかし、誰にも気づかれぬまま、人の住まいのすぐ近くにアナグマが棲んでいることがあるのは、どちらの国でも共通しているようだ。英国では深い森が次々に町《タウン》へと変貌するなか、テリトリーに関して（も）頑固なアナグマは、ずっとその場所を動かずにいるケースが多い。人のそばにアナグマが棲んでいるのではなく、アナグマのそばに人が家を建てているのだということも、私は前出のその本で知ったのだった。まったく違う社会生活をしているもの同士が、適度な距離を保ち、互いの存在を認め合いながら生活できるのは理想だ。だが明らかに相手に距離を取る気がないときはどう行動すればいいのか。

それぞれの事情を抱えつつ、人は「次善の策」を模索する。

3

それから一ヶ月ほどが経ち、再びアナグマの庭に帰ってきたときは、すでに夏になっていた（この間、介護は兄弟がみてくれていた）。行く前に聞いていた話では、母は暑さのせいか急に食が細くなり、飲み物はかろうじて摂取できるものの、口があまり開かず、食べ物が入らないということだった。けれど私が食事をつくると積極的に口を開けて、思ったより多く食べてくれ、ほっとはしたものの、これは睡眠や食事のリズムがどんどん更新される時期の偶々か、あるいは「久しぶりね」の心付けのようなものだったのだろう。数日経てば私もまた、母の食欲のなさに悩まされることになった。

庭の枇杷の木の隣には、トキワネムノキがある。トキワネムはもともと南米に自生する樹木だ。私は日本に自生するネムノキの、淡い桃色の花の、儚《はかな》い夢のような風情が子どもの頃から好きだったので、トキワネムの濃い紅色にはそれほど惹きつけられずにいた。トキワネムはネムノキを矮小化《わいしょうか》したような形で、高さは二メートルほど。花が終わっても下に落ちない。枝の上で茶色く枯れていくだけだ。自生のネムノキは花が終わるとそのまま樹下に落ちる。渓谷沿いを歩いていて、足下が一面薄桃色になったとき、見上げると高い場所にネムノキが在る、そういう体験を、僥倖《ぎょうこう》のような思い出として重ねてきた。それなので、トキワネムの花が枯れて茶色く変色し、枝にしがみ付いている様を見るたび、やはりうつくしいまま土に返るネムノキの方がいい、と心のなかで比較していた。しかしある日、朝方には一、二輪しか咲いていなかった木に、午後、びっしり満開の花が咲いたことがあり、うつくしさと不思議さに圧倒された。トキワネムノキはこうやって、数ヶ月以上繰り返し繰り返し花をつけ続けるのだ。知ってはいたが、これほど短時間に一斉に花をつけることの不思議さは初めて経験するもので、しばらくぼうっとして見惚れた。そして自生のネムノキのようなあわあわとした儚さはないけれど、一瞬の花火のような鮮やかさの魅力を、認めざるを得なくなった。それ以来、一輪、二輪のトキワネムの花にも、素直にそのうつくしさを認め、愛でられるようになった。特にしなった枝先に一輪、今にも落ちそうにして咲いているところは線香花火のようだと思った。

母は口を開けて食べてくれるが、なんだかリスが頬袋にドングリを貯め込んだ風になっていき（可愛かった）、入れ歯を外す段になって、飲み込んでいなかったのだと気づかされ、そういうことだったか、と消沈したりもした。飲み込む筋力が衰えたのだろうと思った。それからは少しずつ、口内の粘膜からだけでも吸収されるものがあればいい、と、柔らかいものを口にしてもらった。言葉もあまり出なくなったが、時折こちらを見て（私が娘だとわかっているのかは不明）、涙ぐむ。若い頃はわかり合えない母娘であったが、こういう時間が持てたことは有り難い。確かに何度ももう限界、と思うほど、介護は大変だけれど。

トキワネムはそれからも日々、花をつけては消え、消えてはつき、母もまた、食べたり食べなかったり。

4

この頃の庭の草木には驚くほど多くのセミの抜け殻が付いていた。実のなくなった枇杷の木やトキワネムにはクマゼミが盛んに鳴き、枝の間を乱れ飛んでいた。今年はセミの当たり年なのだろう。

アナグマは暑さのため（たぶん）、昼間現れることはなくなっていたが、夕暮れから夜間にかけ、しばしば庭を訪れているのを見た。前回一度だけ目撃した、仔アナグマの兄弟（たぶん）が、独り立ちしてそれぞれ時間差でやってくるようだった。春よりは大きくなっていたが、まだまだ成獣よりはひと回り小さく、見た目も仕草も愛らしい。何をしに、と思っていたが、ある日鼻先をふんふん地面につけて庭を歩きながら、一箇所でピタッと止まり、実にスマートに庭の土を掘り返し（やたらに土を撒き散らす犬などとは比べ物にならないほど効率的に素早く掘る。さすがはアナグマ――穴掘りに特化したパワーシャベルのような爪を持つ――である、と深くうなずいた）、その鼻先で白っぽいカブトムシの幼虫のようなものを空中に放り上げ、両手で押さえておいしそうに食べていた。私は最初、ヨトウムシかと思っていたのだが、周囲の状況から察するに、セミの幼虫である可能性が高かった。セミの幼虫は羽化のときが近づくと、地上に向かって掘り上がってくるのだろう、その音を、アナグマは察知しているのだろうか。

母は「眠りがきつく」なり、二日ほど眠り続けることも多々あるようになった。訪問看護師のMさんに、口の中に食べ物を溜め込んで飲み込めないでいることがある、というと、それはもしかしたら、筋力が衰えたのではなく、「飲み込む」という行為自体を忘れてしまった可能性がある、と教えられ、目から鱗が落ちたような思いがした。

そうだったのだ、母はこの病を発症してから、いろいろなことを忘れていった。けれどまさか、飲み込む、という基本的な動作を忘れてしまうことがありうるとまでは、迂闊にも考えなかった。幸いにも母はまだ、接触の悪くなった回線が繋がったり繋がらなかったりするように、丸一日以上、十分に睡眠を取ったあと、ほんのわずかの時間、健啖家《けんたんか》（それなりに）になるときがある。そのときを逃さないよう見守りながらも、こういう（アナグマのようにかすかな気配を察知してすかさず食事を口に持っていくような）介護は、命に優先順位をつけるような弱者切り捨ての社会では糾弾されるのだろうな、ということを時折考える。一方、弱者そのものになってしまった母の、小さな褥瘡《じょくそう》でも見逃さないよう、丁寧に大切に手当てしてくださるヘルパーさんや看護師さんの姿勢からは、見捨てない、という意志が感じられ、拝みたくなるほど有り難い。何もできなくなった母が与えてくれる得難い経験だと思う。相模原事件*を起こしたあの人のような思想が、いつの頃からか（新自由主義の台頭とともに、だろうか）少しずつ脳に溜まっていくアミロイドβのように社会の寛容度を落とし、ファシズム的なものの跫音《あしおと》が大きくなっていくなか、母たちはこうして我が身を差し出し、戦っているように思える。

*相模原障害者施設殺傷事件

5

アナグマが訪れるこの家のことを、まるで昔から住んできたように書いてきたけれど、実は今年に入ってから、母をグループホームから引き取るための家を探し、実家の「引っ越し」を決行した、その中古の家である。それまでの実家は、郊外の山の上にあった。私が中学生の頃、町なかから越してきたのだった。かれこれ半世紀近く前のことである。当時地方都市の町なかというのは、(緑化公園のようなものがないので)子どもにとっては緑も少なく自然に乏しく(大人は三十分も車を走らせれば海でも山でも行けるが、子どもは動ける範囲が狭いのだ)、自然が異様に好きな私は山林付きのこの引っ越しを喜んだものだったが、千坪を超える(一坪がとんでもなく安い)敷地のメンテナンスは、父亡き後手に負えるものではなく、父が丹精したイヌマキのどっしりした垣根は草藪に覆われ、防風林代わりの杉の木立ちは枝打ちするものもなく、帰るたび「零落」という言葉が胸をよぎった。庭木や家の手直しなどで、しょっちゅう職人さんたちの出入りがあったのも、父たちが気を配り手配していたからなのだと改めて思い知る。住むものもなくなった後の、丈なす雑草群、絡まり登るヤブガラシなどの葛類《カズラ》を前にして、朽ち果てる運命を選んだとしか思えない建物を見るたび、ああ、あなた方はそんなにも激しく山へ回帰しようとしているのだね、と悲しく認めざるを得なかった。「八重葎《ヤエムグラ》茂れる宿の寂しきに人こそ見えね秋は来にけり」と、何度呟いたことか。

もちろん幾度も立ち向かおうとしたのだが、たまに来て朝から晩まで草木相手に奮闘しようとも、次に来たときは元の木阿弥で、ひと目見れば一気に自分の生体エネルギーの値が下がっていくのがわかる体験を何度もするると、これはこのまま自然の趨勢《すうせい》に任すか、新しい人に、まったく新しい土地の活かし方をしてもらう方がいいのではないかと思い始めた。家の中の蟻害《ぎがい》の酷さも、母の介護を再開するにあたり、もうここでは無理と思う気持ちに拍車をかけた。幸い買い手も見つかり、いよいよ家を手放すこととなり、決済を済ませたのがこの八月。

母がよく活花《いけばな》に使った、奇天烈な形の花を咲かせる極楽鳥花の茂みや、毎年たわわに実をつけたダイダイやユズの木、町なかの家から移植した、祖母の自慢だった小さな葉をつける南天の木、私が高校の頃に植えた薄紫の花をつけるつるバラ、……etc, etc。すべて置いて行かざるを得ないなかで、一際残念なのは、幹周りが二抱え近くもあるクスノキである。見上げると大枝が空間を自在に行き交って、優しい緑が風にそよぐ。夏場の暑い日も木陰を提供してくれた。父の入院が長引いていた頃、冬になるとシロハラの大群が一週間ほどこの木をねぐらにして、それから去っていくのに気づいた。クスノキの実が、彼らの食糧にもなっていた。この大群で北から渡ってきて、名残を惜しんだあと、それぞれバラバラに冬越しに向かうのだろう。私も群れのシロハラを見るのは初めてだった。そして渡る直前にまた、ここで束の間の家族をつくり、去っていくのだ。

6

中庭のクスノキの思い出のなかには、家族とともに過ごした時間も当然ながらあるが、それとは違う位相で、木とともにしてきた長い年月の間の、葉擦れの音、木漏れ陽など、生活の断面に折々差し込む存在感の方が、クスノキ自体の印象としては強いものを感じる。何かの拍子にふと見上げたり、心で話しかけたり、つまり一対一で、心のなかで、独りで向き合ったときのクスノキそのものの存在感だ。金額で評価できないそういうことが、本当は一番大切なのだ、それはわかっている。

けれどあの土地を個人に買ってもらうには条件が悪すぎて、会社か法人でないと無理だろうといわれていた。その際、まず間違いなく木々も伐採されるだろうとも。

クスノキは照葉樹なので、落葉はしないようなイメージがあるかもしれないが、これがじつはしょっちゅう葉や実や小枝を落とす。しばらく庭を掃かなかったら大変なことになる（ということが、親がここを去ったあと、身にしみてわかった）ほどだ。買い手は会社で、優しい社長さんだったが、その会社の業務内容から絶えず落ち葉があるという状況は許されない。まず間違いなく切られることになるだろう。それでも種々の事情から、もうそこに買ってもらうより他に手立てはなかったのだった。

裏山を下ったところの谷底には、溝といっていいくらいの細い川筋があり、それは少し下流で他の川筋と合流し、やがてきちんとした名のついた川になり、その川はもっと大きな川に合流し、錦江湾に注ぎ込む。近在に住んできた人びとが、昔その谷底でウナギを獲っていたことがあると知ったのはごく最近のことだった。私がここに住民票を置いて住んだのは十四、五歳から大学入学の年までの数年だから、そういう「遊び」を知らなかったのだ。今はもう、ほとんど誰も訪れることもない、源流に近い水の流れのある小さな谷。遥かマリアナ海溝からやってきたウナギの赤ちゃんが、錦江湾に入り込み、市内を流れる川を確信的に選んで入り、○○橋近くで注ぎ込む支流を、ここ、と判断して遡り、そうして流れを辿ってここまできたかと思うと、呆然とするほど感動する。もしかして何万年も続いた命の営みであったのかもしれない。実家の裏が、マリアナ海溝まで繋がっていたなんて。そしてクスノキを始めとする庭の木々もまた、その水の循環に、多少なりとも寄与していることになっていたなんて、なんという壮大なダイナミズムだろう。昔はそういう土地が、日本のあちこちにあったのだろうと考えると、この経済成長の陰で失ったものは、単なる自然環境だけでなかったと思わざるを得ない。自然環境とセットになっていた、気宇壮大な連関――そう、「連関」がズタズタになってしまった。

実家を訪れるのもこれが最後という日、木の一本一本に酒を注ぎ、声をかけた。特にクスノキには、ここを手放すことになった、如何ともし難い諸事情を話して力不足を詫びた。するとさらさらと優しい葉擦れの音が耳に届いた。それはいつもの音であり、そしてそのときだけの特別な音でもあったと思う。

第六章

二〇二二年十月——二〇二三年三月

歌わないキビタキ

I

久しぶりの八ヶ岳だ。珍しくほとんど夜明けと同時に目が醒め、ベランダに出て鳥たちの食事箱をセットした。吹く風が朝露を孕《はら》んで冷たい。カラマツの葉の色も緑の勢いがなくなり、黄変しつつあった。もう山は秋支度に入っている。

苛酷な残暑のニュースがラジオから流れてくるなか、標高千七百メートル近い山の上で、毛糸のカーディガンを羽織っているのは、ありがたいような、ズルをして落ち着かないような(履行すべき人生修行をせずに後々ツケが回ってくるのを恐れている)。小心者なのだ。

いつもより格段に早い食事の提供に、コガラやゴジュウカラたちが色めき立っている。テラスの欄干で順番待ちの列(?)ができるほどだ。数ヶ月前、彼らが雛育て真っ最中の初夏の頃は、ほとんど誰も食事にやって来ず、寂しい思いをしたものだった。この大盛況は、やはり季節が初秋に入ったのに気づき、来たるべき冬に備え、体内に脂肪を蓄積していく必要を感じているせいだろうか。それとも単に、この時間はこの近辺がカラ類の巡回の場所に当たっているというだけなのだろうか。

数羽、まとまってこちらへ向かってくるなかに黒っぽい鳥がいるのに気づき、おや、と注視した。欄干に降り立ったそのシルエットは、まごうかたなきミソサザイ。小さいながらしっかり締まったボディに尻尾がピンと立っている。思えば初めてこの家を訪れたとき、お風呂場に入ってきたのがこの鳥だった。それ以降見かけたのは一度だけ。庭の奥に倒れたウラジロモミの、土をいっぱい付けた根の部分で飛び回っているのを見て以来だ。自分と同じような小鳥たちがあまりに多勢やってくるので、ついつられて来てみたのだろうか。なかを覗き込むとそれで好奇心は満たされたようで、結局ひまわりの種は食べずに飛び立っていった。

それから暫くしてふとテラスの様子が視野に入り、何か大きな鳥がいるなと改めて目を遣って仰天する。赤と黒と白のコントラストも派手な、アカゲラだ。小鳥たちとは違う、悠長な様子で小首を傾げながらひまわりの種を啄《ついば》んでいる。普段垂直に木に「掛かっている」アカゲラが、欄干に座っている図は奇妙で、頭から尾にかけての長いラインが恐竜を思わせた。そういえば何年も前からアカゲラの姿を、この家の周囲の木々で見かけていたが、止まり木が次第にこちらに近づいてきていた。慎重に様子を見ていたのだろう。ずっと興味津々だったのだ、と思うと何だか嬉しい。

キツツキのアカゲラは虫ばかりでなく小鳥の雛も食べる。それを知ったとき（友人に教えられ、鳥の巣に仕掛けられたカメラの映像――キツツキの嘴が次々に雛を獲っていく――を見たのだ）から、アカゲラを単なる愉快な森の仲間だとは思えなくなっていた。アカゲラには何の罪もないこと、そういう食性なのだとはわかっているのだが。何かに対しての理解が深まるというのは、無邪気ではいられなくなることでもある。それからずっと、彼らは肉食だとばかり思っていたが、今日、ひまわりの種も食べるのだとわかった。わかってよかった。理解がまた、一段と深まった。

2

木々の葉叢《はむら》の間に見え隠れして、黒衣の小鳥がいる。隠れているつもりだろうけれど、そこだけ空気の密度が違うような存在感があるのですぐに気づく。あれ、もしかして、と思ったがすぐに飛んで行った。それからしばらくして今度は他の小鳥に紛れながら、食事箱のほうへ向かって飛んできた（が、寸前で引き返した）。そのとき黒地に浮かぶ黄色で確信した。キビタキだ。まだ南へ渡らずにいるのだ。

歌わないキビタキは別人（鳥）のようだ。繁殖期の頃の朗らかな彼ではなく、何か重い鬱屈《うっくつ》を胸に抱えているような。近々、苦しく長い、命がけの旅にでなければならないという予感に囚われているのかもしれない。それは、誰にもわからないことだけれど。

夜半、ストーブを焚く。ここしばらくの雨続きで薪は湿っているらしく、なかなか威勢のよい炎が立たない。足りなくなった薪を運ぶとき、うっかり手袋を嵌めずに素手で持った。運悪くトゲが刺さり、そういうとき用に購入してあった、細い細いピンセットのような刺抜きで、なんとか抜けた。改めて手袋をし、薪をセッティングしながら、昏《くら》い炎の燃え具合を注視した。

もう三十年以上も前、実家に帰ったとき、母親と、お互いを深く傷つけ合うような喧嘩をした。その晩、母の指にトゲが刺さった。母の心にトゲが刺さったのだと、私は直感した。これは、私が母に刺したトゲだと。黙って針を火で焼き、長い長い時間をかけて母の指のトゲを抜いた。母は途中でもういいよといったが、私は諦めなかった。このトゲは私が抜かなければならない。とうとう最後にトゲが抜けた。そのときはもうだいぶ遅かったので、そのまま二人とも就寝したのだったが、それでほのぼのと仲直りしたというわけではなかった。そんな生易しいものではなかった。けれど、「トゲが抜けた」という事象は、やはり私の心に象徴的な重要性を持った。あのときこの刺抜きがあったら、もっと簡単に抜けたには違いないけれど。

消毒のために針を焼いてトゲを抜く、ということは幼い頃母から教わった。当時からずっと、私は様々こだわりのある子どもで、母にはそのこだわりがわかるよしもなく、のみならずそのこだわりを否定することが私のためになることだと信じている節があった。私はある瞬間母を蔑《さげす》み、憎みさえした。母もそうだったと思う。だが子どもは、どんな親でも慕わしく思う根っこを捨て切れない。悲しいほど愚直に。その悲しさに、涙するくらいに。

前回介護帰省したとき、母が珍しく私のつくったカレーを全部食べた。極端に食が細くなっていた時期だったので、ほんの少ししかよそわなかった。うれしい誤算に私は思わず「おかわりする?」と訊いた。母は小首を傾げ「そうですねえ、それもいいですねえ」と可愛らしくすまして応えた。もうずいぶん何も食べておらず、お腹は減っているはず。これは、第三者の前で格好をつけている「おすまし」だ。明らかに私を娘と思っておらず、誰か親切な他人だと思っている。それでも私はうれしくて、そそくさとおかわりに立った。くたくたの体で、次もカレーだと心に決めた。

3

朝起きるとカーテンの隙間から青空が見えた。

昨日までの雨で空気はすっかり洗われ、いつにもまして清澄そのもの。それまで鬱屈していた景色が一転、あまりにすがすがしいので、とるものもとりあえず散歩に出かけた。いつもよりくっきりと見える山に見惚れていると、山頂近くの山小屋の辺りで白いものがチラチラしている。手持ちの小さなカメラの望遠を精一杯伸ばすと、山小屋で布団干し（か、シーツ干し？）をしているのだとわかった。雨天続きだったもの、とその心情に共感し、うなずく。鳥も木々も、浮き浮きしているかのよう。

雨上がりで、山のあちこちにさまざまなキノコが出ている。すぐに目が行くのはハナイグチ。タマゴタケやヤマドリタケモドキも見つかり、声を立てずに興奮する。食べられるキノコはしっかり目に飛び込んでくるのだが、もちろん食べられないキノコも同じようにいっせいに出てきている。うちの庭のあちこちに無数に生えている、ドクベニタケのうつくしい薔薇色といったら。これは名前の毒々しさのわりにはそれほど強い毒性はない。その近くにポツンと出てきているシロタマゴテングタケの方が、名前はのどかな感じだが、ずっとずっと恐ろしい。けれど彼女（彼？）が出てきてくれているおかげで、庭に重厚さが増すような気がしている。庭には光と影が必要だ。

八ヶ岳にも何冊か常駐させているが、昔からキノコ図鑑に目がない。ポケットタイプから、どっしり重みのあるタイプまで、ずいぶん持っている。だから大抵のキノコは昔からの知り合い（図鑑のなかで）のように思っている。初めて見るものでも再会気分、実物にようやく会えた感激にしばらくじーんとしてしまう。しかしキノコというものは不明種が圧倒的に多い。若い頃は名前のわからないキノコがあると、私が勉強不足なだけで、きちんと調べればきっと唯一無二の名前に辿り着けるのだと思っていたが、そのうちどうもそうではないようだ、ということがわかってくる頃にはもう、深みに向かうばかりのキノコ道に落ちている。

そのキノコ図鑑のなかに新しく仲間入りした、この春出たばかりの一冊に、『奥入瀬渓流　きのこハンドブック　春―初夏篇』がある。奥入瀬渓流で撮った写真ばかりなのでそういうタイトルだが、もちろん奥入瀬限定というわけではない。面白いのは著者が、純粋にキノコの形態や生態そのものに深い関心と愛情を持ち、類似種や不明種についても紙面を割いているところである。キノコ好きの大半が、食べられるか否かという観点からしかキノコをジャッジしないという現状を憂い（キノコ図鑑のほとんどに、可食か否かが記してある。なかには推奨する料理法まで書いてあるものもある）、敢えてそのことには触れていない。結果的に可食以外のキノコの魅力が、余すところなく伝わってくる。カタカナで表記されることの多いキノコを、これも敢えて大きく漢字で紹介しているのも面白い。「昔大乱茸（ムカシオオミダレタケ）」など、いったい、昔何があったんだ、と詰め寄りたくなるほどだ（読めばわかる）。秋—冬篇が出るのを、今から楽しみにしている。*

＊「初夏—秋篇」ⅠⅡは二〇二三年一月に刊行された。

4

カラマツが黄葉し始め、ナナカマドの実も色づき、例年の手順を踏んで秋は進行していく。

山小屋にいると、昼夜かまわず、ひっきりなしに驚くような大きな音を立ててどんぐりが落ちてくる。これは例年にないことで、最初はどんぐりだとわからず、夜ふけに響き渡る正体不明の音に肝を冷やした。実は小屋に若干被さるようにしてミズナラの木があり、その木が今年はつやつやでぷっくりと太った良質のどんぐりを次から次へと落とすのだ。

あんな小さな実が、どうしてこんな大きな音を、といぶかるほどだ。私の山小屋には天井裏がない。屋根の下がすぐ部屋なので、硬いどんぐりが落ちると内部ががらんどうの容器に礫《つぶて》を当てたように響くのだろう。

今年は日本全国ブナやコナラ、ミズナラなどの木の実が大豊作らしく、クマたち森の動物のためにほっとしている。山庭に出るとそこらじゅうどんぐりだらけだ。どんぐり本体はリスたちが食べたり埋めたりするとして、どんぐりの帽子（殻斗《かくと》）部分はどうなるのか。もし今までの帽子が食べられずに残っていくとしたら、とんでもないことになっているだろう。でもならない。なぜかというと、それを解体するものがいるからだ。キノコもその菌類の一つだ。前回登場した『奥入瀬渓流　きのこハンドブック　春―初夏篇』で知ったのだが、どんぐりの帽子には主にそのどんぐりの帽子の解体を専門とするキノコがあり、例えばブナの実のそれには「橅白雛茶碗茸《ブナノシロヒナノチャワンタケ》」や「橅細土筆茸《ブナノホソツクシタケ》」がいる。ちなみに大木のホオノキはそれに見合った白い大きな花をつけるが、（森歩きをしたことのある人がよく林床で見かける不思議な物体の正体であるところの）その集合果にも、地面に落ちたホオノキの集合果にしか生えないというキノコが存在する。キノコは解体の専門職（プロフェッショナル）集団の一員なのだ。その他カビの仲間はもちろん、地中に棲むミミズやその少し上に棲むダンゴムシたちなど、数限りない崇高な使命を担った解体屋の存在があってこの世界は成り立っている。

英国に住むジョナサン・マッゴーワン氏は独自の哲学と倫理観から、屠殺《とさつ》された家畜の肉は食べない。野生動物愛好家であり自然保護活動家でもあるが、ビーガンたちと違い、肉を食べることも好きだ。故に車に轢かれた動物の死骸を拾って料理を作る。轢死《れきし》した野生動物の死骸は、我々の車社会が生み出した犠牲ともいえる「廃棄物」であり、その死を生かすために「食することは、あらゆる食肉の中で最も道徳的に正しい行為である」(パトリック・バーカム著『アナグマ国へ』より)。彼もまた、解体の専門職集団の一人なのだろう。なぜそんなことができるのかと問うてくる自然保護活動家仲間には「むしろなぜできないのか」と不思議に思うのだそうだ。真似はできないが、理屈はわかる。そう生きられたらどんなにかすっきりするだろう。地球温暖化に悪いと知りながら車に乗るのをやめられないように人間は矛盾の塊で、その厖大《ぼうだい》な矛盾を抱えながら生きていることにひとはときに耐えられず、知らず、鬱になったりもする。

5

山歩きの好きな友人が、そのまた友人の山歩きの達人から送られたというエゾハリタケの味噌漬けがお裾分けされてきた。きっと私が有り難がることを知っているのだと思う。エゾハリタケは非常に珍しいキノコで、人間の手の届かない高いブナの木の上に生育する。細かなことは省くが、ギンナンを処理するように、土中に埋めて半分腐らせ、水洗いしたのちに塩蔵し、塩気を抜いてから味噌漬け等にして食するのだそうだ。ひと口のためにかなりの手間暇をかけるのだ。梱包などの実務(?)はその達人のお嬢さんが担ったということで、彼女からの手紙には、エゾハリタケの属性について面白いことが——彼女も伝聞ではあるらしいが——書いてあったという。曰く、森でそのキノコ(エゾハリタケ)の近くに人間が近付いただけでもそれは成長を止めるのだと。雑菌を嫌うから、ということらしいが、二酸化炭素等、生体が出す何かに反応するのかもしれない。ほとんど人跡未踏に近い僻地《へきち》にかろうじて生育している繊細な植物の多くは、そのように人の行動範囲が広がったということがトリガーになって絶滅していくと聞いたことがある。

それにしても、どうしてキノコが成長を止めていることがわかるのか。憶測だがその方はエゾハリタケの緊張がわかったのではないか。たまに山歩きをするくらいの私ですら、三十年以上人が入ったことのないという演習林で、木々たちが物凄い好奇心をこちらに向け、情報を得ようとしていると感じたことがある。エゾハリタケを見つめつつ、見つめられたエゾハリタケの、息を詰めるほどの緊張度合いを感じとられたのではないか。

似た話で（といっていいかどうかわからないが）、この春引っ越した実家の、その初めて見る庭の木々のなかにサカキを見つけたとき感じた違和感は、ずいぶん刈り込まれてあったせいだろうと思っていた。しかし樹冠に赤っぽい若葉をつけた新しい枝も数本出てお り、それなりに順調なのだろうとそのままにしていた。先日介護帰省した折、秋になるのにまだ「赤っぽい若葉」であるのを見、これは決定的に変、と、よくよく調べてみた。赤っぽい若葉と思っていたものは、よく見ると裏部分だけが赤褐色で、表が緑色、何かおかしい。その「新しい」枝からは無数に小さな棍棒（ムーミンに出てくるニョロニョロの胴体部分のような）の形をした、同じ赤褐色の何かが生え、いくつかにはその先端に花のようなもの――いや明らかに花――が咲いている。それはサカキの白い花ではない。第一、咲く季節が違う。そしてサカキ自身の葉の茂みで隠れていた幹や枝からは、シダのようなもの――ヒノキの葉を大きくしたような――が無数に出ていた。やはり寄生されている、と確信する。しかも複数。調べるとヒノキの葉様のものは、文字通りのヒノキバヤドリギ、赤褐色の裏を持つ葉の方はオオバヤドリギ。大木に宿るのならわかるが、私と背丈もさほど変わらないこのサカキに二種類もヤドリギが着くとは。今まで、このサカキを見るたび抱いていた違和感は、生きるのが難儀そうだと直感していたことから来るものだったのかもしれない。

6

それにしてもオオバヤドリギとの出会いは衝撃的だった。

同じヤドリギ類の「ヤドリギ」といえば西欧のクリスマスの伝承によく出てくる植物で、冬期、高木の寄主がすべての葉を落としたとき、上方に常緑の小さな葉をいっぱいつけた蔓《つる》性のものが、何かの巣のように球状にまとまっている、その部分だけが異様に目を引く、そのとき初めて、ああ、あそこにヤドリギが、と気がつくようなものだったのだ。大木にほんの少し、マリモのようにくっついている、そういう印象。

しかし小柄な女性と同じような背丈の、つまり小さなサカキの木に着いていた、このオオバヤドリギという種《シュ》は、蔓どころか直径が数センチは優にある、立派な枝と本体の木と変わらぬ大きさの艶々とした葉を持ち、アコウの木（別名・絞め殺しの木）のように、途中で本体と入れ替わるつもりなのだろうか、と怖《おそ》ろしくなるような勢いを備えていた。

そのアコウの木に出会ったときもそうだったが、寄生植物というものは、見るものをして深く考え込まさずにはおかない。これは一体、生物として正しい生き方なのだろうか、いや正しいも正しくないもない、生き残る戦略として「在る」のだ、とか、それでも他の植物を、いうなれば仲間を踏み台にしなければ生きられない人生（？）とは、とか、挙句は、化石燃料を根こそぎ掘り尽くさんばかりの人類こそ、地球にとって最悪の寄生動物じゃないか、とか……。寄生植物の場合、寄生される側がすぐに視えていて、その苦しみを思わず想像してしまうから、よりおぞましく映る。だが不思議なことに、このサカキの木は、寄生されていることに難儀はしていても、それをかこつ様子ではなかった。

ここが実は、私が一番興味を持っている点であり、前回エゾハリタケが緊張する話と関連してこのサカキとヤドリギの話を思い出した所以《ゆえん》である。なぜか「大変なんだ、でも頑張るぞ」といったような、ある種複雑なメッセージが発せられている気がして、パッと見には解読できず、いつも「？」と気になっていたのだ。

寄生植物を取り除けば、そのサカキは全体としてそれほど多い枝葉を持っていたわけではなかったが、艶々と健気に太陽の光を集めて光合成をし、生きていた。へこたれていなかったのだ。私が寄生に気づき、ヤドリギ二種を執拗に取り除いてからは、さすがに以前に倍して生き生き伸び伸びして見えたが、考えればたいていの樹木は、特に大木になればなるほど、昆虫や鳥や菌類など、数限りない寄生を受けている。そしてまた、何らかの理由で生体エネルギーが弱まれば、常駐していた菌が活性化し、キノコなどが勢いを増してくる。キノコがいるから木が弱っていくのではない。

人間も同じだ。老化が進むにつれ、それまで大人しくしていた様々な病気が表に出てくる。健康で意気旺盛なときは寄生されることに鷹揚でいられても、エネルギーが落ちてくると些細な搾取にも命取りになりかねない危機感を感じ、不安に陥る。だが寄生されることと、それ自体は、本当はそれほど大したことではないのかもしれない。少々重荷ではあっても、案外楽しいものなのかもしれない。

秋はかなしき

I

　介護で実家へと移動する都度、空港から直接霧島の山小屋へ赴き、まずはしばらく、自主隔離的滞在をするようになったので、例年に増して彼の地で過ごす時間が増えてきた。この山小屋を建ててから三十四年になるが、春夏秋冬、その狭間の折々、今まで過ごしたことのなかった時候での滞在で、新鮮な驚きを得ている。

　前回訪れたのは、紅葉が始まる前の、秋に入りたての頃だった。屋根裏でぐっすり寝ていると、突然狂乱した人の叫びのような声が耳に飛び込んできて、夢を破られた。わけがわからず、目を開けて時計を確かめると早朝の五時をいくらか過ぎている時刻。いったい何もの、と動揺しながら立ち上がり、窓の外を確かめた。

　明け方の薄墨色の世界に、黒っぽい動物がいて、叢《くさむら》でもぞもぞしている。この辺りに一番多くいるのはシカなのだがすぐにそう思えなかったのは、その黒さと首回りの異様さである。シカのあの、すらっとした長い首ではない。初め、カモシカ?と思い、ありえない、ではイノシシ?と疑心暗鬼。イノシシにしては体高が高すぎる。ツノがあるのだ、それも立派なツノが。いわゆる三叉四尖《さんさよんせん》のみごとなツノだった。それは、四歳以上の雄シカの証。だから完全に夢から醒めた状態で冷静に考えれば、それはやはり雄シカなのだ。だがこの異様な風体はどうしたことだろう。

もうずいぶん以前に、北海道の道東の山奥で聞いた秋の牡鹿の声は凄まじかった。今回のように寝ている場所の真下ではなく、谷の向こうから——かなりの距離があったと思うが——大地を揺るがし、峡谷に轟き、空気をビリビリと震わせながら伝わってくるのは、とても生き物の声のようでなかった。落雷が大木に落ちたら、引き裂かれた大木はこういう声をあげるのではないかとも思われた。発情期の、雄の啼き声なのだとその後知らされた。シカにとって、秋はそういう季節なのだ。調べるとこの時期、雄は毛皮が色濃くなり、たてがみのようなものが生えるとも。あのシカが黒く、首回りが太く見えたのはそういうことだったのだろう。

あの凄まじい声は生命《いのち》の迸りのようなものだったのだ。

「奥山に　もみじふみわけなくしかの　声聞くときぞ　秋はかなしき」という和歌があるが、以前はただ普通のシカの啼き声、細く甲高く、最後は清澄な空気に消え入るような、あのシカの声の心寂しい風情を歌っているのだと思っていた。しかし発情期の雄シカの啼き声だとしたら、話は違ってくる。その「かなしさ」はただのものがなしさではなかったに違いない。被造物同士の悲哀、相哀れむほどに切迫した、取り乱さんばかりの「かなしさ」であったのではなかろうか。

北海道のときは、髪を振り乱した山姥《やまうば》を連想した。ともに親の介護をしている人と、山姥というのは徘徊して行方不明になった認知症の老婆であったのかも、と話したことがある。天が与えた寿命を消化するまでは、生命の火を燃やし続けなければならない。そういう被造物の哀しさはお互い様だ。認知症を患った患者の、真夜中に闇をつんざく、浅茅《あさぢ》ヶ原《はら》の鬼婆もかくやと思われる叫び声もまた、生命なりけり、と思う。

2

霧島は南国といえども標高が高いので低地よりずっと気温が低い。夏場でも長袖が欲しいときがあるほどだ。三十四年前、ここの山小屋に設えたのはスウェーデン製の大きなストーブで、四角四面の洒落気のない無骨さだがよく薪が燃え、火の調子がよければ直径が二十数センチ、長さが四十数センチほどの丸太でも飲み込んでくれた。特大の丸太を入れたときには、一晩中燃えてくれていたこともある。

両親が健在な頃、実家の庭の杉木立の下を、掃きつつ溜めておいてくれた枯れ小枝の大袋が、まだこの霧島の山小屋にある。いつもその袋から、一握り、二握り、手袋をはめた手で（杉は枯れてもチクチクと痛い）摑んでストーブの炉床に置く。その上に細めの薪を順々に組んで火を点ける。杉の枯れ葉はあっという間にメラメラと燃え上がる。けれど何もかも炎に飲み込まれて、というのではなく、炎のなかに、鮮やかなネオンライトのように杉のシルエットが浮かび上がり、火の国に小さな森があるようでうつくしく、いつも見とれる。杉の枯れ枝は着火剤のようなもので、すぐに火が着くが、あっという間に白く灰になる。それもまた形は杉の葉そのまま、汚れのない雪のようでうつくしい。杉の葉の火は、その命のわずかの間に、リレーのように次の材に火を移す。その材も杉の葉より持つとはいえ、繊細な杉の葉が交渉できるほどには繊細さのある、つまり細い材なので、燃え尽きるのに大して時間はかからない。その間にさらに少し太めの薪に火が渡される、という具合に、最終的には前述の丸太のような太い薪がアンカーを引き受け、材と材の細やかなコミュニケーションを間に挟み、炉の炎の命は永らえていく。

今回、最後の大袋を開けたときに、いつもと違う香りがするのに気づいた。知っている香りではあった。杉の葉に、クスノキの葉や小枝や実が、混ざっていたのである。実家の敷地を一部、囲うように立っていた杉の列のなかに、クスノキが在った。地面に落ちている枝葉を選り分けることをせず、そのまま入れたのだと思った。同時に、昔の両親は、選り分けてくれていたのだということも知った。

もう、その杉もクスノキも伐採されたことだろう。炉床から樟脳《しょうのう》の香りが、鼻孔に入ってきた。一人で炎を、見つめ続けた。炉の炎を見つめるのは昔から好きだし、この連載のタイトルにも炉辺という言葉を入れているほどだが、その行為自体について深く考えることはなかった。でもこのとき、少しだけわかった気がした。火を見る行為は、それがどんな場面であろうと、神聖な何かを思わせる。そのための、儀式であるかのように。太い薪を燃やすための手順が、そのための儀式であるかのように。

もう存在しないものたち（母はまだ存命）が、こうして今も寒さから私を守るため、役立ってくれている、と思うのは虫が良すぎるかもしれないが、まさかあのクスノキが、香りだけでも、こういう形で蘇ってくれるとは思いもしないことだった。

私はこの夜、確かに何か、神聖なものに触れたと思う。

3

ロッキー山脈に棲む、シロイワヤギのドキュメンタリーをテレビで見た。

シロイワヤギは目と目が離れ、それぞれが丸くきょとんとして、見つめられると思わず噴き出したくなるほどとぼけた印象を与える。その上長い鼻づらと顎下にもそもそとある髭《ひげ》のせいで、顔全体が著しく緊張感を欠いている。

冒頭、雄雌ペアのシロイワヤギが山の上でゆったり暮らしている様子が映し出され、そこへペアの雌を狙った侵入シロイワヤギ（以下侵入ヤギ）がやってくる。だが顔立ちのせいか、近くを通りがかった旧友が、懐かしさにちょっと寄ってみた、という風情だ。ペアの雄も、急に怒り出したりもせず、侵入ヤギと二頭、並んで歩き始める。これもまた、旧友同士が「じゃあちょっとその辺歩いてみるか」と散歩しているようにしか見えないが、ナレーターによれば、お互いに精一杯背中を高く見せようとしているのだそうだ。そのうちペアの雄の方が、侵入ヤギそっちのけで土を掘り返し、悠長にそこに腹這いになり始めた。あらら、今度は昼寝？と思っていると、再びナレーターによれば、自分の匂いをテリトリーにつけているのだそう。だが相変わらず二人何をするでもなくのんびりつるんでいるようにしか見えない。

結局最後には、雄が（少し）脅かすように数歩侵入ヤギの前に出るのだが、もうそれだけで侵入ヤギはくるりと向きを変え、帰ってしまう……こういう闘い方。

シロイワヤギは断崖をテリトリーに持つ。こんなところに！というような、ほとんど垂直に近い崖をあっけにとられるほど巧みに上り下りする。本来争いが苦手で、他の種と競合しなくてもいい僻地へと追いやられるようにして断崖に棲むようになったのだろう。角もさほど大きくはなく、まったく戦闘的には見えないが、数年前ナショナルジオグラフィックに掲載された記事では、どうも襲ってきたハイイログマを返り討ちにしたらしく（現場が目撃されたわけではなく、発見されたクマの死骸の傷跡がシロイワヤギの角のものである可能性が高いということのようだ）、「売られた喧嘩は買う」タイプではあるのかもしれない。たまたま私が見たドキュメンタリーがそういうものであって、いつもそれほどのんびりしているわけではないのかもしれないが、もしかしたら長い年月の間に、お互いを傷つけ合う血みどろの闘い方から進化して、こういう風貌と所作（？）を身につけたのではないか。シロイワヤギの他にも、長さや大きさを競い合うことで実力行使の戦いを回避しようとする動物を時折見かける。

人類もまた、何千年も同じように国を挙げて殺し合うような、愚かで原始的な闘い方からもう一歩、精神的進化をしないものだろうか。テクノロジーの進化の方は目を見張るばかりだが、それも結局は軍事利用に絡んでしまう、という情けなさ。どうしてもやらなければというのなら、国際的なルールに則《のっと》り画面上で闘う「戦争ゲーム」を作ればいい。開発者はどれだけの命を救うかわからない。これからの英雄はそういう人たちだろう。ああ、でも、プレイヤーがルールを守らないのだろうなあ……。

4

片付け物をしていたら、昔英国に下宿していた頃の大家さん――過去のエッセイではウェスト夫人と呼んでいた――からもらったホットウォーター・ボトルが出てきた。ホットウォーター・ボトルとは湯たんぽのことだが、ゴム製の袋状になっており、見たところは日本の昔ながらの水枕にそっくりである。そこに熱湯を入れ（ウェスト夫人は電気ケトルで沸かした後、必ず少し水で薄めていた）、カバー（ぬいぐるみ様になっているものが多い）に入れて使う。彼女は毎晩寝る前、それを二つ拵え、それぞれに目玉と耳のついた、ピンクとブルーのウサギカバーをかけた。そして目をしょぼしょぼさせながら「ナイナイ、スィーティー」といい、一つを私に渡した。それは晩秋から冬にかけて、儀式のように毎晩繰り返された。

　今回出てきたそれは、彼女から毎年日本へ送られてきた、クリスマスプレゼントの一つだった。日本の冬ではどういうわけか、なかなか使う機会がなかった。昔から、なぜこれを「ボトル」というのか、バッグじゃないのかと不思議に思っており、人に訊いたりもしたがとうとうわからなかった。だがあるとき十九世紀後半の翻訳小説を読んでいて、ベッドの中でお湯を入れた洋酒の瓶に足を付けて暖をとるシーンがあり、ああ、そうなんだ、と納得した。昔は洋酒の瓶にお湯を入れて湯たんぽがわりにしていたのだろう。寒い冬の夜、ベッドの中に入れて足を温めるものはホットウォーター・ボトル、その呼び名が定着し、ラバーバッグに取って代わってからも、同じ名で呼び続けているのに違いない。そう推理し、私の中では一応の決着がついていた。しかし、一応、である。なぜなら「洋酒の瓶」というからにはガラス瓶だろう。熱湯を入れても大丈夫というのはどういうことだろう、分厚いガラスだとしても、繰り返し使っているうちに経年劣化して割れないのだろうか、と怪しむ気持ちもあったのである。

　久しぶりにホットウォーター・ボトルに再会して、再びこの疑問が再燃してきた。そして困ったことに、当時の翻訳の「湯を入れた洋酒の瓶」という訳語は正しかったのか、もしかしたら原著でホットウォーター・ボトルとだけ書いてあったのを、翻訳者があれこれ想像して、熱いお湯を入れても大丈夫そうな瓶、というので洋酒の瓶と意訳したのではないか、と、歳を取った分だけ強くなった猜疑心も湧き上がっている。当時読んでいた「十九世紀後半の翻訳小説」で確認しようと目を通すも、なかなか当該箇所に行き当たらない。調べ物そっちのけで読書そのものに夢中になり、丸一日ふいにしながら、ようやく見つけた言葉は「ジンの瓶」であった。同じ箇所を原書で当たると、hot gin-jar となっていた。ホットウォーター・ボトルでなかったことにひとまずほっとする。

幸い、当時と違って今はインターネットという、調べ物にはうってつけの「利器」がある。だが gin-jar で検索するも、それこそ洋酒の販売会社のサイトなどばかりで、その昔、ジンが入っていたのはどういう容器だったのかそこからいくら調べてもわからない。

そうこうしているうちに、偶然アメリカの古道具屋のサイトに行き着いた。

5

百年以上前のジン・ボトルとしてそこに写っていたのは、まるで沈没船から引き上げられた大昔の陶器の瓶のようなものだった。説明によるとそれはストーンウェア（日本では炉器)、高熱で焼かれ、焼き締められた無孔の陶磁器なので吸水性もなく、水を通さない。現役で使用されていたときはコルク栓が使われていたそう。

ああ、あの小説で主人公たちが使っていたのはこれだったのだ。ついに辿り着いた達成感。しかし、一晩寝て、全体の成り行きにまだ「安易な感じ」が纏わりついていることに気づく。確かに主人公たちはジン・ボトルを湯たんぽとして使っていたが、それをもってして、ホットウォーター・ボトルの語源と断じていいものだろうか。突然はたと思いつき、そうだ、これがあったと手持ちの英国道具辞典の寝台の項を引くと、英国のマナーハウスの資料館でお馴染みの、蓋つきフライパンに長い柄がついたようなもの(寝具温め器具)の下に、なんと陶器製の瓶状の物、まさしくホットウォーター・ボトルが出ているではないか。さらにパソコンに向かい、「アンティーク、ホットウォーター・ボトル」で改めて検索してみると(なぜ最初にこれをやらなかったのか、自分に呆れながら)——出てくる出てくる、石製の、陶器の、「ボトル」形状のもの……。

そりゃそうだ、と思った。寒いことでは日本の比ではない、しかも歴史のある国々に、専用の湯たんぽがないわけがないのだ。インターネットもこういう事典もなく、プロフェッショナルに問い合わせる術も持たなかった若い日、素朴な疑問を、偶然が重なり、自力で解いたと思っていたのだ。だがそれが独りよがりであることはどこかで気づいていたので、後生大事に今まで、そう、かれこれ四十年以上、抱えていた事案であったのだ。それには前述したように、ホットウォーター・ボトルに関する個人的な思い入れもあった。

ウェスト夫人と連れ立って、数泊の旅行をしたことが何度かあった。一度は冬の頃だったと思う。彼女の荷物がいやに大きいのを怪しんでいたが、その夜、寝る段になって理由が判明した。ベッドの上に座った彼女は、種明かしをするマジシャンのような、叱られるのを予期している子どものような、慎重な微笑みを浮かべ、荷物のなかから毎晩なじんだホットウォーター・ボトル、ピンクとブルーのぬいぐるみを掲げて見せた。私は呆れて二の句が継げない。車なしの旅に慣れていた私からすれば、考えられない大きさと重さの携行品だった。部屋の電気ケトルで入れた湯で温めたそれをいそいそとベッドに入れながら、ほら、温かいでしょ、と得意そうにいった。翌朝、B&Bを辞してしばらく歩いたところで、宿の女主人が大笑いしながら忘れ物、忘れ物、と追ってきた。ベッドの中に入れたままにしていた「ぬいぐるみ」だった。昨夜、この女主人と長く話し、部屋は寒くないかと心配する彼女に、私たちは「ぜーんぜん」と豪語していたのだった……。

長い間持ち続けてすっかり血肉になったような、昔馴染みの「疑問」に、墓標が立った思いでいる。寂しい、けれど決着を見届けた安堵、とでもいうような。

あるべきようは

I

昨年十二月、八ヶ岳の山小屋に到着した日の深夜、二時頃のこと。頭痛と肩凝りで眠れず、屋根裏部屋から階下に降り、椅子に座っていると、どこからともなくヒメネズミが現れた。体長五、六センチ。尾の長さは見たところそれ以上はありそうだ。かわいい。現場を押さえたのは二度目である。慌てて鳥用の食事箱に覆いをかける。ひまわりの種を狙っているのは明白だからだ。山小屋にはリビングの続きに畳の一画があり、障子がある。見ていると、その障子の桟を、軽やかに水平方向へ駆け抜けたかと思えば、垂直に天井近くまで駆け上がる。床まで降りると、壁に向かって二本足で立ち、小さな小さな両手を上に伸ばしてばんざいするかのように背伸びし、壁につける。そのまま数回軽くジャンプしたかと思うと、するする壁を走る。ドアに向かっても同じこと（背伸びして数回ジャンプ）をするので、最初は押して開こうとしているのかと思った。だが金属の把手《とって》（水平になっているレバーハンドル）の上までまっすぐ駆け上がり、そこでしばらく向きを変えたり小刻みに足踏みしたりしているのだが、なんせ数グラムの身の上なので、把手はびくともしない（もちろん、把手を下に下げてドアを開けようとしていたとは思わないが……。過去に偶然そういうことをして開いたことがあったのだろうか――まさか！　クライマーが、目標地点に到達してくつろいでいるようにも見えた）。

まるで運動会だ。呆気にとられて見守るしかなかった。ヒメネズミはもともと森林に棲み、他の大きなネズミと違い、樹上生活にも熟練していて、細い枝先でも難なく移動するという。その技を一通り披露してもらっている気分だ。

少し寒くなったので、畳の部屋に置いていた、もう三十年近く愛用しているノルウェーの手編みのカーディガン（太い毛糸で緩く編んである）を何気なく取ろうとした。するとひまわりの種がバラバラっと、片手で一掬《すく》いはありそうな量、辺りに落ちて散らばった。貯蓄していたのだ。このカーディガンを冬籠もりの巣にするつもりだったのか。かわいいというかセンスがいいというか厚かましいというか……。鳥の食事箱に覆いをしたのは遅過ぎたようだ。この調子で病原菌を持ち込まれ、時折訪れてくださる客人に悪さをしたら困る。侵入経路を探るべく、押入れの奥、排水口の辺り、あちこち見てみたがどうしてもわからない。食器棚の戸が少し開いていたので、なかをチェックすると、長めのカップ型のカップ（?）に、ひまわりの種のからが三分の一ほど詰まっていた。思うにこのなかが落ち着いてゆっくり食事ができる「スポット」だったのだと思う。彼が、部屋のなかのどこを「気に入る」か、というのには驚くほど彼の好みが反映されていた。それは彼の、というよりも、私自身を含む哺乳類全体の、「あったかくってくるんとまるまることのできる、落ち着く場所が好き」ということなのかもしれない。見とれたり感心したりしている場合ではない。侵入経路がわからなくても出現していることは事実なのだから、とにかくここを出て行ってもらい、健全たる野山の生活に戻さなくては。

翌日、荒物屋を回って鼠《ねずみ》捕りの箱を探し求めるため、山を降りた。

2

地元の昔ながらの荒物店なら、すぐに見つかるだろうと思っていた鼠捕り器は、けれどなかなか見つからなかった。最初の店では「去年までは置いていたんだけれど」。次の町のある店では「ありますよ」といってくれたのだが、実際あったのはゴキブリホイホイならぬ、ネズミホイホイだった。この客はネズミ駆除がしたいのだな、それなら効果のある粘着テープ型のものを、という流れでの「ありますよ」だったのだ。実際「駆除」が目的の客はそちらを買っていくらしい。需要のない「鼠捕り器」を長く置いておくわけにはいかないのだろう。

ようやく見つけたのは、品揃え豊富な最先端の大型ホームセンターではない、地元の荒物屋を少し大きくした、照明が暗くひと気のないホームセンターだった。小規模小売店と大規模大型ホームセンター、それらの狭間に、鼠捕り器は生き延びていたのだった。

それは、高さ十センチ、奥行き十四センチ、長さ二十二センチほどの、小さなスチール製の檻。入り口が蓋になり、バネがついている。蓋を開け続けた状態にしておくには、そのバネを伸ばして針金Aで押さえ、その針金Aの先端を、別の針金Bの端の、輪になった部分で押さえ続けなければならない。針金Bのもう一方の端はレ点の形をしていてそこに餌を引っ掛ける。だから、餌をいじるとその反対側で押さえていた針金Aが外れ、バネが飛んで蓋が閉じるという仕組みだ。私のよく視るピタゴラスイッチ（テレビ番組）みたいで、本来こういう仕組みは大好きなのだが、この箱を買う大半のひとの目的が目的なので（これで捕獲されたネズミのほとんどは水死させられる）、あまり夢中になっても不謹慎な気がして複雑だ。彼ら（人間のほう）にも嫌な仕事だっただろう。

とりあえず、ひまわりの種をラップでくるんで引っ掛けてみる。こう書くと簡単だが、何度もバネが外れ、バンっと蓋が閉まってその度突っ込んでいる手に当たり痛い思いをした。やっと仕掛けたものの、ひまわりの種をたくさん入れ過ぎ、ラップの底が檻の底についてしまった。ぶらぶらせず安定している。どうだかなあと思ったが、ラップを破ろうと強く引っ張ればきっとバネも外れるだろうと楽観していた。

彼（ヒメネズミ）が潜んでいると思われるストーブ近くの薪置き場の前（そう確信しているのだが、いざそこを探しても見つからない）に、件の鼠捕り器を置く。いかにも血の通っていない、冷たい金属の「静物」。しばらくして彼は現れた。温かく小さなヒメネズミが、（食べ物の）期待に満ちてそこに入っていくのを見ると、複雑な気持ちがする。

私の目論見と違い、彼はまんまとひまわりの種をくわえ、そそくさと出ていく。そしてすぐにまたやってくる。鼠捕りは作動しない。体重数グラムの彼の物腰はあまりにかそけく、影響力を及ぼさないのだ。嬉々として再々やって来る可愛い姿を見ていると、自分が餌を与えているような気分になってくる。いや、この状況はつまり、「飼っている」のではないか。

これはいかん、と今度は真剣に餌を付け替える。何度もやり直し、とうとうどんなに微かに触ってもあっという間にバネが外れるよう、セットできた。それを再び、置き直す。

3

夜、八時過ぎ。台所仕事をしていると、ふいにバンっという高い音がした。え?と思ったが、次の瞬間、「かかったんだ!」と閃いた。そそくさと見に行くと、やはりネズミ捕り器の中にヒメネズミがいた。しかし彼は騒ぐでもなく、檻の隅でじっとしている。ついにやったのだ。だが不思議な感慨。やっと成功した達成感と、ほっとした気持ち、申し訳ない気持ち、罠にかけたという後ろめたさ。とにかく明日の朝になったら、少し遠いところへ放しに行こうと思う。人家から離れた場所をいくつか思い浮かべるが、外に出たら夜は氷点下の温度なので、すぐに冬眠の準備をしなければならないだろう。大丈夫だろうか。Mさんに電話をかけ、ミズナラの木の多い場所を聞く。ミズナラのドングリも、もう大半はリスたちに持ち去られているだろうが、それでもまだ残っている確率が多いところに放してやろう。

そうこうしているうちに、じっとしていたヒメネズミがガサゴソ動き始めた。檻に入った囚人よろしく、両足で立ち、小さな両手で鉄格子を摑むと鼻づらを外へ突き出し、「出してくれ〜」(と実際にいうわけではないが)というようなデモンストレーションをする。それからバタバタと、曲芸まがいに檻の格子を這い上がり、横に這い、一本一本摑んでは押し、出られないかあらゆる可能性を探る。その後、下に降りて小さくまるまり、じっとして動かなくなる。そっとネズミ籠（ネズミ捕り器から名称が昇格した）を持ち上げ、畳の部屋に連れていく。その方が明るく、よく見えるからだ。粗相をしてもいいように、新聞紙を大きく広げ、その上に下ろした。ヒメネズミは目を開けたままで動かない。じっと見つめているうちにいろんなことを考えた。そういえばハムスターは目を開けたまま寝ると聞いたことがあるから、これも寝ているのだろう、とか、さらにそういえば、バタバタ動き回っていたリスが、突然固まったように動かなくなることがあった（当時調べると齧《げっ》歯《し》類にはそういうことがあるらしかった）が、あれも寝ていたのかもしれない、とか。昔読んだ『ゾウの時間 ネズミの時間』も頭をよぎった。もう一度読み返さなければ。

変化がないので台所仕事に戻るが、気になって帰ってくると、檻の外、数十センチほどのところの新聞紙の上に、見慣れたゴマ粒様のうんちが転がっていた。うんちは飛ばして排泄《はいせつ》するようだ。ふと気づくと、せっせと両手を動かして毛繕いを始めている。両手で首の後ろから、ぐるっと頭を通って顔を、数回撫で回す。それを最初から数クール繰り返すと、左右の腋《わき》の下を交互に、小さい手で（手は薄いピンク色）くしゅくしゅするように動かして、それから尻尾を根元から先の方へ、しゅっしゅと磨くようにきれいにする。これは見ものである。それが一通り終わると、じっとしながら震えている。体温を保つためだろうか。目は開いている。どうやらまた寝ているらしい。約十分後、急に起きて、また活発に動き出す。それを繰り返す。ひまわりの種を差し入れると、すぐに飛びつくわけではないが、何かの拍子に食べてみる気になるらしく、私が用事の合間にちらりと目を遣ると、両手で持って、音も立てずにひっそり食べていた。

4

そうだ、水をあげなければと気づく。しかしどうやって？　蓋を押し上げて水皿を入れようとしたなら、このすばしこさ、必ず私の手の下をすり抜けて外へ出てしまうだろう。考えるうち、ペットボトルの蓋を縦にして、なかに差し入れ、内部の床に置き、上から格子ごしにそっと水を垂らす、ということを思いつく。しかし思ったより蓋に幅があり、格子を通らない。けれどこの山小屋にはそれ以上細い幅の蓋はない。瓶の王冠があればぴったりだったのだろうが。考えた末、アルミホイルを細工して格子を通りそうな幅の「容器」を手作りすることにした。通す間にアルミホイルが潰れても、少しの凹みがあればそこに水は溜まる。どうせこの大きさだ（ヒメネズミのこと）、ほんの少しの水で事足りるだろう。そう踏んで、作ったものを割り箸で中に据える。やはり形が崩れてしまったが、計画通り上からそっと、細い細い筋になるように水を注ぐ。その水を受けて、チャラチャラと軽く金属味を帯びたアルミホイルの音が夜のしじまに響く。その間、ヒメネズミは一番端のほうに小さく丸まって無反応ではあったが、ずいぶん脅威に感じたのではないだろうか。心配してもしようがない。脱水症になるよりましだ、と心を鬼にして作業を続けた。この晩はそこで私も就寝。

朝になって、恐る恐る覗くと、ひまわりの種の殻は四方に散らばり、アルミホイルは糸状に引き裂かれて毛糸玉のようになっていた。器用なことをするものである。水がもっと欲しくて苦し紛れにやったのだろうか、と案じ、前夜の工程を繰り返し、水を追加する。水がきたからといって、すぐに駆け寄るわけではない。昨夜もそうだったけれど、すぐに駆け寄らないからといって、それを欲していないというわけではない、つまり死ぬほど喉が渇いていたとしても、水が突然目の前に差し出された状況では、すぐに飛び付いたりしないのだということが改めてわかってきた。そこが飼い犬や飼い猫とは違う。野生とは用心深いものなのだ。

後になって思い出したことだが、ナチュラリストのジェラルド・ダレルによれば、お一人様用の罠（今回のネズミ捕り器のような）を仕掛けたときには餌と巣材を十分用意しないといけなかったのだ。寒さで凍えることがあるからだ。巣材についてはうっかりしていた。彼がアルミホイルを糸状に細く切っていたのは、単に暇だったからではなく、寒さから身を守るための巣材を作ろうとしていたのだろう。申し訳なかった。

外は冷たい雨が降っていたが、私はネズミ籠をそっと持ち上げ、大きめのビニール袋に入れ、車に載せた。小さな空き地に着き、その真ん中にネズミ籠を置いた。どの方向へも、数メートル走れば空から天敵に狙われることの少ない林や藪にたどり着く。しかしこの八ヶ岳おろしの吹き荒《すさ》ぶ寒空の下、食糧も持たさずに（ひまわりの種を詰めた小さな風呂敷包みをくくり付けたくて仕方がなかったが）放すことには胸が痛んだ。私の杞憂をものともせず、蓋を開けた瞬間、彼は脱兎（鼠）の如く多分最初に目に入った藪目掛けて走り去った。数秒もかからなかったと思う。だがその残像が、スローモーションのように目の奥に焼きついている。

5

日本にもときどき旅鳥として訪れることがあるエリマキシギの、雄の夏羽には三種類ある。

黒褐色の強そうな色合い（権高な貴族的襟巻きを持つ）のもの、白っぽい気品ある色合い（高貴な貴族的襟巻きを持つ）のもの、そして襟巻きなしの地味な雌そっくりのもの。

実際は襟巻きの色がどちらともつかないものもあり、（私には）分類が難しいこともあるが、大体において黒褐色はマッチョタイプの雄で、縄張り意識がすこぶる強く、ディスプレイ競争に夢中になる。白っぽいタイプは縄張り意識がなく、黒褐色の縄張りの周りをうろうろして、黒褐色が油断した隙をみて、すかさず雌と交尾に及ぶ。注目に値するのは三番目の雌そっくりのタイプだ。雌の群れに紛れ込み、警戒されないのをいいことに、周囲に数多《あまた》いる雌と交尾、自分の遺伝子を残すのだ（ただ、雌と思い込んだ黒褐色に恋を仕掛けられる面倒ごともある）。それを知ったときは、ただもう呆れて、雌獲得のためにそこまでするかと思ったけれど、彼らには彼らの事情があるようだ。

この雌そっくりの種類をフェーダーと呼び、Nature誌によると、このフェーダーが生まれた原因は、約三百八十万年前に変異を起こした遺伝子（超遺伝子）にあるらしい。この超遺伝子はその後、約五十万年前に一部のフェーダーで再び変異を起こし、これによりちょっと元に戻り（？）、その結果縄張りを持たない白っぽいタイプが生まれた。

こういう遺伝子の変異は本当に偶然なのだろうか。

すべての雄が覇権を競うような、猛々《たけだけ》しく暑苦しい社会はうんざりだと、「何者かによって、実験的に」仕組まれたように思われてならない。最初の変異でその「何者か」はちょっとやりすぎたようだと反省、マイルドな変異（襟巻き自体は保ったままで、縄張り意識だけ解除。結果として白い襟巻きになった）にスイッチバックした（のでは？）。たしかに縄張り意識さえなくせば、世の中の大半の揉めごとは解決するだろう。もちろん、今ウクライナとロシアで起こっているようなことも。変化による混乱はあるだろうが、多様性と文化をより豊かにする方向へ向かうことは間違いがない。

と思っていたら、人間社会でとんでもない事件が起きてしまった。

障碍を持つ人びと等を対象とした、相談支援事業所を運営していた人物が、「自分の心は女性である」と偽り、女性の部下らの警戒心を解き、性暴力を繰り返していたとして逮捕された。これは、エリマキシギ・フェーダー、雌擬態型の雄の行動とほとんどいっしょで、すごい、と唸《うな》ってしまった。だが、この容疑者にエリマキシギと同じ超遺伝子の発現があったとは思えず、また、行動様式は同じだとしてもエリマキシギがそんな暴力に及んでいるとも考えられず、正々堂々の獲得競争を回避して、こんな巧妙な真似をしてまで、女性に乱暴を働きたかったのかと思えば、同じ人間として、「いのちなりけり小夜の中山」レベルの深い感慨を引き起こされてしまう。どうしたって（性暴力は）起きるのだろうか。起こさずにはいられないのだろうか。ただもう、なぜかエリマキシギに申し訳ないような気がしている。

6

エリマキシギのことを調べていると『オスとは何で、メスとは何か？「性スペクトラム」という最前線』（諸橋憲一郎著）という本に行き当たった。読み始めてすぐ、ヨーロッパチュウヒ（中くらいの猛禽《もうきん》類）のオスの四十パーセントがメス擬態型だとあって、心底驚いた。これもエリマキシギの同型と同様、縄張りを持たず、他のオスの縄張りにノーチェックで出入りし、隙を見て自分の遺伝子を次世代へつなぐ行動に出るのだ。それにしても、四十パーセントとは。

そもそもバードウォッチングで鳥を識別するときは、単にオスメスだけではなく（例えば派手なことでよく知られるオシドリの、一般的に思い浮かべられる色鮮やかな姿はオスのみで、メスは至って地味。オオルリなども同様）、幼鳥若鳥成鳥（私は部屋に飛び込んできた全身臙脂《えんじ》色の鳥に、何者？と色めき立ち、勇んで鳥類学者の樋口先生に報告、「巣立ったばかりのヒヨドリです」といわれたことがある）、ときにエクリプス（繁殖期が終わってから渡りが始まる前後まで、オスの羽衣がメスのそれのように地味になること）であるかどうかまで考えに入れないといけないということに、いまだに四苦八苦しているのに、この上メス擬態型オスの可能性まで考えなければならないのかと、一瞬気が遠くなりかけた。

魚類のなかには、群れに必要とあらば、さして葛藤の様子も見せず易々と性転換するものが一種のみならずあるということは知っていたが、シオカラトンボやアカトンボたちにも擬態型が存在するとは知らなかった。捕まえたトンボの識別に悩み、新種ではないかと心躍らせた少年少女も多かっただろう。

この本によると、オス対メスという対立軸は虚構である、性は百パーセントオスと百パーセントメスの間で連続している性スペクトラム上の位置で捉えられるべきものだ、しかもその位置は、例えば六十パーセントオス、四十パーセントメス、などと固定しているものではなく、生涯にわたって変化し続ける、らしいのだ。もちろん、人間も例外ではない。この立ち位置を変化させる力は、オス化メス化の二方向だけでなく、脱オス化、脱メス化という力も入ってくる、という。すんなり納得できる気がする。

もしかして、鳥のエクリプス期というのはオスのメス擬態化の姿ということか、という考えが一瞬脳裏に浮かんだが、メス擬態化オスは、（たぶん）生殖を成功させるため、ああいう姿になっているのに対し、エクリプス期は、もう繁殖も終わり、縄張りも必要なく、オスを誇示する必要もなくなった一時期の変化なので、脱オス化の力が強くなった、と捉えた方が彼らの事情に即しているかもしれない。

また、ある種のモグラのメスは、卵精巣を有しているという。その精巣領域で精子を作るわけではない。ではなぜ？「どうも男性ホルモンを作っているらしいのです」（同書）。子育て期の、外敵に対して攻撃的にならねばならないときなど、その男性ホルモン濃度を上昇させ、闘いモードに入る、ということらしい。知らずに人間も、他の手段で似たような自己コントロールをやっているのかもしれない。

7

ヒメネズミと一夜を過ごしていたとき、私は彼の雌雄はまったく気にならなかったし、もちろんわからなかったのだが、にもかかわらず「彼」という三人称で呼んでいたのはそれが「彼女」より字数が少なかっただけの理由である。この辺りが今の日本語の限界で、英語にミスとミセスの他にミズという敬称ができたように、そのうちもっと適切な三人称ができるに違いない（いつになるかはわからない）。

昨年、文筆家で馬飼いの河田桟《さん》さんが、『ウマと話すための7つのひみつ』という絵本を出版された。すでに一般書でも『馬語手帖――ウマと話そう』など、ウマとその場にいることを述べながら実は自他の境界について訥々《とつとつ》と手探りの、紛れもない自身の言葉で綴られていく著作を出している河田さんであるが、子どもを（そして大人のなかの子どもをも）対象にして語る言葉は、シンプルなハウツーの体裁をとりつつ、やはり彼女の著作らしく、根源的なものと響き合っている。

言葉という手蔓がなく、文化的コードに頼ることもできないとき、生き物同士はどう「付き合ったら」いいのか。この絵本で推奨されていることは、何もせず、動かず、目を合わさず、少し遠くにいること。そしてなんとなくうれしい気分でいること。つまりどうやら、世界の一部になって、同じく世界の一部である相手を感じ続けることらしいのだ。そうしてゆっくり、相手に認知されるのを待つ。

こういったことすべてが、「馬語」の世界で行われていることである。興味深いことに、相手との「距離」そのものも、馬語に含まれる、と河田さんはいう。「近くにきたり、遠くにいったり。この距離も馬語」なのだ、と。「いまの気持ちにちょうどいい距離、というのが、ウマにはあります」「必ずしも、近いほうがいいとはかぎらないのがおもしろいところ」

動物との付き合いにおいて、調教ということがまずあり、常にどちらが上かをはっきりさせる、特に人間を含む群れ（家庭犬とか）の場合、人間を自分より下の存在と侮《あなど》られないようにする、というのが、大体動物のしつけのハウツーの基本のように思われていた時期があった。今は知らないが、主流はそれほど変わってはいないのではないかと思う。河田さんは、そういう関係性が苦手で、なんとか動物と対等に、うまく付き合っていく方法はないかとずっと、十年以上前から考えていらした。優しく書かれてはいるけれども、その集大成のような絵本だと、感じ入ってしまった。

「人語」の他に、「馬語」のバイリンガルになるということは、ずいぶん世界を広げていくことのように思える。何より、楽しい。まず、相手の存在を認める、ということ。そして世界ごと、相手の個性を捉えていくということ。相手の属性が雄か雌かよりまず先に、そのことがある。

知人のヘアスタイルが、ときにショートになったりロングになったりしても、そのひとをそのひとと認識する「そのひとらしさ」にはほとんど関係がない。そのようにして、ひとの女性度、男性度が変化していったにしても、そのひとの本質には、さして関係はないように思う。

あとがき

数時間前まで来る予定になかった熊本市のあるホテルの一室で、今これを書いている。まったく予測のつかない動きをする台風のために、新幹線を途中下車せざるを得なくなったのだ。その新幹線は、そもそも当初予約していた飛行機が欠航になったため、大慌てで手配したものだった。しかしいざ乗る段になって自動改札がそのチケットを通さず、係員に聞くと目的地の鹿児島中央駅手前の区間が急遽通行止めになったため、チケットは使えないという。やむなく払い戻しの手続きをしようとしたら、熊本までは行くというので、新しいチケットに変えてもらった。そこまで行けば普通電車でもレンタカーを借りてでもなんとかなると思ったのだ。だが到着間近になって、そこから先、在来線も、高速道路も規制がかかり、結局熊本で足止めになることがわかった。慌ててインターネットでホテルを探し始め、予約完了したのが私以外の最後の乗客が列車を降りようとしたときだった……。

四十数年前も、似たようなことがあった。私は学生で、スカイメイト（今もあるのかわからないが、学生や若い人びとのため、キャンセルが出た座席を格安で回してくれる制度）の順番待ちで朝から空港に詰めていた。その便の空席が出たら、まず一般の、つまり普通運賃でキャンセル待ちをしている人びとが優先され、次にスカイメイト組に回される。だから、盆正月など移動が多い時節は、直近に出る便には乗れず、次の便、またその次の便と待たされることがあった。私はスカイメイト組の何番だったか忘れたが、私の前にもずいぶん学生たちが待っていた。私の次の番号の女の子は私と同い年だったがすでに働いており、「お父さんが危篤って知らせが来て……」と呟いていた。それなら悠長にスカイメイトでキャンセル待ちをしている場合じゃないだろう、と心のなかで思ったが、飲食店街で働いているという女の子の寂しそうな様子に、それぞれの事情があることだし、と口にはしなかった。五、六時間待ち続けると、ようやくスカイメイト組もだいぶはけてきて、私の番になった。しかも私までで、今日はおしまいだという。一瞬ラッキーと思ったが、すぐに後ろの女の子の顔を見た。この「ラッキー」は彼女に譲るしか選択肢はなかった。それから空港を出て、夜行列車で郷里を目指すことにした。今のようにインターネットですぐに情報が入手できる時代ではなかったが、時刻表を読むのはかねてから好きだった。硬い紺色の座席はほとんど満席で乗客たちは眠り込んでいる。車窓を流れる景色は暗く、夜の一時過ぎに熊本駅に着いた。その列車はそこが終着駅で、なんとなくそのまま駅で始発を待つつもりだったが、乗客は皆足早に改札を出ていった。思い出のなかでは辺りはほとんど戦前の駅の構内の風情で、私の脳の危機管理部門が、ここで一夜を過ごしてはいけない、といい始めた。仕方なく改札を出、タクシーに乗り、一か八か、いい運転手さんである方に賭け(そういう賭けが勝利する確率の多い、牧歌的な時代ではあった)、事情を話し、始発の列車が出るまでの間、休むことができる、ビジネスホテルのようなところを知らないか、と聞いた。運転手さんは合点承知とばかり、自分の知り合いがやっているという民宿（？）のようなところへ連れていってくれ、私はそこで仮眠をとることができた。宿のひとは始発の時間になると親切に起こしてくれ、私は夜明け前の熊本駅を出たのだった……。

熊本駅は今、ショッピングモールやレストラン街が完備された近代的なステーションとなっており、当時とは隔世の感がある。だが自分を取り巻く状況が、刻一刻と変化していくという旅の空の身の上の本質は、さして変わりない。不安と不穏な空気、緊張感。渡りの前のキビタキも、きっと同じような思いを抱えているのだろう。生命《いのち》は流浪する。一生を、同じ場所に終始してさえ。自然誌とはそういう記録なのだと思う。

二〇二三年八月
梨木香歩

初出

毎日新聞「日曜くらぶ」二〇二〇年六月二十八日――九月二十七日（第一章）
「サンデー毎日」二〇二一年四月十一日号――二〇二三年三月二十六日号

装画　小沢さかえ

装丁　緒方修一

梨木香歩
（なしき・かほ）

1959年生まれ。小説に『西の魔女が死んだ　梨木香歩作品集』『丹生都比売　梨木香歩作品集』『裏庭』『家守綺譚』『沼地のある森を抜けて』『ｆ植物園の巣穴』『ピスタチオ』『僕は、そして僕たちはどう生きるか』『雪と珊瑚と』『冬虫夏草』『海うそ』『椿宿の辺りに』など。その他の著書に『春になったら苺を摘みに』『水辺にて』『渡りの足跡』『エストニア紀行』『鳥と雲と薬草袋』『岸辺のヤービ』『ヤービの深い秋』『私たちの星で』『やがて満ちてくる光の』『風と双眼鏡、膝掛け毛布』『炉辺の風おと』『ほんとうのリーダーのみつけかた』『草木鳥鳥文様』『よんひゃくまんさいのびわこさん』『ここに物語が』などがある。『サンデー毎日』でエッセイ「新 炉辺の風おと」を連載中。

歌《うた》わないキビタキ　――山庭《やまにわ》の自然誌《しぜんし》――

第１刷　2023年 9 月30日
第２刷　2023年11月10日

著　者　梨木香歩《なしきかほ》

発行人　小島明日奈
発行所　毎日新聞出版
〒102-0074　東京都千代田区九段南1-6-17　千代田会館５階
営業本部：03（6265）6941　図書編集部：03（6265）6745

印　刷　精文堂印刷
製　本　大口製本

ISBN978-4-620-32789-1